OPAL'S FLAME

NATSUO KIRINO

オパールの炎

桐野夏生

中央公論新社

オパールの炎　目次

第一章

第二章

第三章

オパールの炎

第一章

1　夫の不貞を糾弾した「平林真由美《ひらばやしまゆみ》」の話

　最近、変だと思いませんか？　どういうわけか、世間が不倫というものに対して、異常に厳しいと思いませんか？　不倫はもちろん、よくないことです。でも、終わった後も有責者を責め続けるじゃないですか。別に犯罪じゃないんだから、そこまで責めなくてもいいのに、という気がします。そもそも、二人の問題ですしね。

　私がそんなことを言うのは変ですか？　確かに、私は夫の浮気で離婚してますからね。修羅場《しゅらば》とはああいうことを言うのだ、と思い知らされました。私も夫も、人が変わったようになってしまって。でもね、今とは問題がかなりずれているような気がするんですよ。だから、ちょっと語らせてください。

　少し前ですが、とても人気のある男優さんが、共演した若い女優さんと浮気した、と大騒ぎになりましたよね。私は、その男優さんを知らなかったので、テレビのワイドショーで見たら、とてもいい男じゃないですか。イケメンというのでしょうか、背が高くてね。稀《まれ》に見る好青年でした。

さぞモテるだろうし、性格もよさそうだから、お相手の若い女優さんがぽーっとなるのも無理はないと思いました。映画のお仕事はずっと一緒でしょうしね。でも、男優さんのご家庭の方は、まだ小さなお子さんがいらっしゃったとか。手のかかるお子さんが何人もいて、亭主に浮気された日には、妻はたまったもんじゃありません。それもよくわかります。

しかし、ふらふらするのは、そんな家庭の重圧もあったんでしょうかね。今の若い女性は、ダンナさんにも一緒に子育てしろ、と求めるのが当たり前でしょうから。いえ、私は別に男優さんの味方をしているわけではないんです。ただ、恋愛って、割り切れるもんじゃないから、他人が責めても仕方がないってことですよ。

昔の男は、それはもう酷《ひど》かったです。俺は稼いでおまえらを養っているんだ、と威張《いば》ってね。家事なんか一切しないし、子育ては妻任せ。まったく何もしなかった。帰ると足を出して、妻に靴下を脱がせるダンナさんもいたようですよ。出張の支度も自分でできないので、奥さんがすべて荷造りする。

まるで大きな幼児です。一人の人間として、世界には通用しないことさえも気付いていない、甘やかされた幼児です。いや、幼児は可愛《かわい》いですから、幼児以下ですかね。

そんなダンナさんに比べれば、今の若い男の人は真面目だし、家事も子育ても等分にやらなきゃならないと思っている節があるだけ、全然マシですよ。女にとっては、少しはよい世の中になったと思います。しかし、この不倫を犯罪みたいに考える風潮だけはおかしいと思います。

以前も、ある女性タレントさんが妻ある人と不倫した、と責められたことがありましたね。ま、テレビカメラの前で嘘《うそ》を吐《つ》いたとか何とか言われてますけど、何も裁判じゃないんだから、本当のことを言わないでもいいじゃありませんか。それを鬼の首を取ったように、嘘を吐いた、ほら、やっぱり付き合っていたじゃないか、と女の人を責めて、引退に追い込んだ。私は人民裁判のようだと思いながら見てましたっけ。

まだ、ありますよ。こないだ福祉会館のコーラス会で知り合った方に、これは面白いわよ、と薦《すす》められた本があったので、図書館で借りて読んだんですよ。人妻で子供もいる女が、ある会で知り合った男と道ならぬ恋をする話でした。

私は面白く読んだんですけど、その方とその本の話をしていたら、横で聞いていた福祉会館の若い女の職員が眉をひそめるのです。「それは不倫の話ですよね」って吐き捨てるように仰《おっしゃ》って。「そんな話を書く人も嫌だし、自分は読みたくないです」って言うんですよ。びっくりしました。世の中、本当に変わりましたよね。よくなったのか、悪くなったのか、よくわかりませんが、窮屈《きゅうくつ》になったのは確かです。当事者はいいんですよ、大騒ぎして大声を出して摑《つか》み合いの喧嘩《けんか》すれば。だけど、それを何も知らない世間様が偉そうに裁いて、苛《いじ》めるのはおかしいと思うんです。

はい、平林という姓は、旧姓です。離婚を機に、元に戻しました。元の夫の姓は、今井《いまい》といいます。結婚していた時、私は今井真由美という名前でした。さっきも言いましたが、私が不倫について語るのは、おかしいですか？　さっきから不思議そうな顔をしていらっしゃる。

確かに、私は夫の不倫を糾弾《きゅうだん》したことがあります。それも派手なやり方でね。そのことを調べたから、わざわざ私を訪ねていらしたんですよね。ずいぶん昔のことを、よく調べておいでだこと。

世の中変わったと言えば、私には孫が四人いるんですが、下の娘のところの末の女の子が中学生でね。その子がイジメを受けてるんです。それで、中学に行けなくなっちゃったんです。私はその話を聞いて、腹が立ってね。そんなもの親が怒鳴《どな》り込んでいって、無理にでも行かせなさい、と怒ったんですけど、今はそういうことは逆効果で、しない方がいいんだ、と娘に言われて驚きました。

孫はね、何がきっかけなのかわかりませんけど、ある日突然、仲よくしていたグループの子たちに無視されたらしいんです。面と向かって何か言われたわけじゃないけど、ともかく話しかけても誰も返事しないし、目も合わせない。それで陰でこそこそと悪口を言っている。酷いことしますね。

孫はそれが辛《つら》くて学校に行けなくなって、半年も不登校になってたんです。でも、勉強が遅れるからと、学校側が配慮してくれたんだそうです。裏口から少し遅めに登校して保健室で勉強をする。そして皆が下校する少し前に帰るんですって。そんな時間差での登下校でもしていないと、ますます不登校になるからと、仕方なしにそうしているんだそうです。それでも相手をしてくれるのは担任の先生じゃなくて、保健室の先生だけだとか。そんな話を聞くと不憫《ふびん》でね。こんな問題も昔はなかったように思うんです。世の中変わったんですよ、と言われても、はい、そうですね、と簡単に頷《うなず》けない変化です。

私は今、年金生活者です。元は看護婦で、市立病院時代は婦長もやりましたよ。今は看護婦ではなく、看護師と言うんですよね。でも、私の時代は看護婦。十年前まで、現役で働いていました。近くのクリニックでね。まだ続けてもよかったんだけど、気力体力のあるうちに老後を楽しみたいと思ってやめました。

はい、近所の福祉会館に日参して、コーラスとフラダンスのクラスに通ってます。あと、図書館の読書会にも出たりして、忙しいです。仲間も大勢いて、楽しいですよ。幸い、二人の娘も近くに住んでますから、何かあっても大丈夫です。

私の元夫は、ある総合病院勤務の内科医だったんです。もちろん職場で知り合っての、恋愛結婚です。彼は、若い頃は颯爽《さっそう》としてましてね。白衣の前を開けて、裾《すそ》をなびかせながら、院内をせかせかと走るように歩くんです。大股でね。いつも忙しそうにしてましたよ。私はその歩く姿が好きでした。あっちも私のことが気になってたんでしょうね。それで、病院長の媒酌《ばいしゃく》で結婚しました。

職場が同じだと何かと都合が悪かろう、と夫が言うので、私は都下の市立病院に転職しました。条件が悪くなって悔しかったけど、医師の夫に譲るのは仕方ないと思ってました。そのうち子供も生まれて、仕事と子育てを両立するのは大変でしたけど、何とか仕事を続けるべく頑張りました。

夫の様子が何だかおかしい、と思ったのはいつ頃でしたかね。二人目が生まれて、その子をやっと保育園に入れた頃だったかと思います。上の子の通う保育園に入れなかったので、とりあえず入れるところに入れたはいいけど、そこが少し遠いのが悩みの種でした。後で同じ保育園に再度申し込まなければならないが、果たして入れるのかどうかわからないし、どうしようか。長女のお迎えだけでも誰かに頼もうか。そうなると、お金がかかる。私はそんなことで悩んでいました。

夫に相談をすると、「それでいいんじゃない。君に任せるよ」と上の空で返事をするんです。送り迎えの負担が二倍になるのだから、協力してほしいと思って相談しているのに、まるで他人事《ひとごと》の態度なので、腹が立ちました。どうして親身に考えてくれないのかと問い詰めると、夫は「仕事のことで悩みがあるからだ。僕はもっといい医者になりたいと思っている」と苦しげに言うのです。

その頃は以前より帰りが遅くなることが多かったし、付き合いとか情報収集と称して飲んで帰ることも増えました。休みの日も、当直になったと出かけていくので、私は今で言うワンオペですか、何もかも自分でしなければならず、毎日走り回っていました。

しかも、夫は地方で開催される学会にもよく出席するようになりました。でも、私は心のどこかで、夫の変貌を仕事熱心でいいことだと考えよう、と善意に思うことにしてました。まさか浮気をしているなんて、想像もしていなかったんです。

夫が地方の学会に出かけた時、下の娘が風邪《かぜ》を引いて高熱を出しました。投薬のことで、夫のホテルに電話したんです。そしたら、なぜかとても慌てているので、違和感を覚えました。部屋に誰かがいるような気配が伝わるんです。あれは不思議ですね。どうしてか、わかるんですよ。「そこに誰かいるの?」と聞いたら、「そんなはずがあるわけがない」と怒るんです。怒るなんて、変ですよね。「いないよ」と笑って言えば済むのに。

私は急に不安になりました。夫の態度は近年、確かにおかしかった。保育園の相談をした時、上の空だったと言いましたが、それだけではなく、そわそわしたり、やたらと上機嫌だったり、沈んでほとんど口を利かないと思うと、急に私の機嫌を取ったりもする。要するに、情緒不安定なのです。私は、夫は誰かに恋をしているのではないかと思いました。

夫が帰宅してから、夫の荷物を全部調べました。洗濯機に入れた靴下や下着までね。確証はありませんでしたが、それからチェックするのが習い性になりました。夫も最初はものすごく私に気を遣って、気を付けていたと思いますが、私の詮索が厳しくなると、苛々《いらいら》した様子を隠せなくなりました。つまらないことで喧嘩をするようになり、家の中は殺伐としてきました。

夫の心は完全に私から離れている、と感じたのは、ある夜、夫が私を眺める目付きに気付いてしまったことでした。ほんの一瞬でしたが、夫の目には、どうして自分はこんな女と一緒にいるのだろう、という悲しみみたいなものが表れていたのです。私を憎いと思うのでもなく、ただ、ここにいるべき人が違う、と悲しむ気持ちが伝わってきたのです。

何と残酷なことでしょう。私も大きな悲しみを覚え、それから激しく夫を憎みました。看護婦の仕事をしながら、二人の娘の世話をし、二カ所の保育園の送り迎えを続けている私は、心底、疲れ果ててもいたんです。

憎しみは、次々と黒い疑いを生みます。私は鬼になりました。夫の相手を暴くことに、心血を注いだのです。

私は以前勤めていた病院の元同僚に、夫の行動をこっそり聞いてみました。すると、最近の夫は当直なんか一切していない、と言うではありませんか。当直と偽って、夫はどこかに泊まっていたのです。やがて、元同僚から新たな情報がもたらされました。

夫の相手は、ある入院患者の娘さんでした。主治医の夫は娘さんと話すうちに恋に落ちたのです。その入院患者は亡くなりましたが、二人は二年もの間、こっそり逢瀬を重ねていたのです。裏切られ続けていたと気が付いた私は、もちろん大きなショックを受けました。どうやって復讐してやろうと、毎晩歯ぎしりで眠れなかったほどです。

ところが夫を問い詰めると、出てきた言葉は謝罪ではなく、「離婚したい」でした。夫は、私と娘たちを棄《す》てて、彼女を選ぶと言うのです。それも、平然と。しかも、これから独立して開業したいので、慰謝料はそんなに出せない、経営が軌道に乗ったら払う、それまで待っていてくれ、と言うのです。彼女は手に職がなくて、自分が養わなければならないけど、君は看護婦だから、この先も食べていけるだろう、と。

私は夫の条件をどうしても承服できませんでしたから、徹底的に闘おうと決心しました。でも、闘おうと思っても、あちらは、離婚したいの一点張りで、どうしたらいいかわからない。何も解決しないいまま、夫は家を出て行ってしまいました。このままでは、別居という既成事実を積み上げられてしまう。私は焦《あせ》りましたが、どうにもなりません。

すると、以前、夫の素行を調べてくれた元同僚が、こんな団体に相談してみたらどうか、と提言してくれました。それが当時、世間で騒がれていた「ピ解同」でした。正式な名前は、「ピル解禁同盟」、略して「ピ解同」です。

リーダーは、塙玲衣子《はなわれいこ》さん。塙さんは国立大薬学部出身の才女ということで有名な人でした。ピ解同には、「女の泣き寝入りを許さない会」という活動グループがあるので、そこに相談してみたら、と言うのでした。

私もどちらかというと女性解放論者でしたが、ピ解同は私の考えるものよりも過激で、その活動には、少し尻込みするところがありました。いきなりピル解禁を唱えるのも、女の身体《からだ》を痛めつけて、男を自由にするのかと思ったこともありますし、セックスについて言うのも直截的《ちょくせつ》ではしたないような気もしてました。行動も派手なので、それはどうかな、と反感を持ったことだってあります。例えば、丸の内の一流会社にローズピンクのヘルメットを被《かぶ》って押しかけ、そこの社員が不倫をしていて妻を泣かせている、と訴えたこともあったりしたものでしたから。

でも、当時の私は鬼でした。夫と彼女に復讐したい、そして謝らせたい、という強い思いがありました。それなのに、私は仕事と育児に疲れ果てて、夫との口汚い罵り合いに傷付けられて、もう何の気力も方策も残っていなかったのです。このままでは、夫に押し切られると思うと、悔しくて無念で仕方がなかった。だから、その提言に飛びついたのです。

やがて、塙さん本人が、「一度会って相談したい」と仰っていると聞きました。忘れもしません。塙さんは、掃除も行き届かない我が家に、突然見えたのです。

「ごめんください」

マンションのインターホンから、澄んだ声が聞こえました。子供たちと、遅い夕食を食べ終え、嫌がる長女に手伝わせて食器の後片付けを始めたところでした。

「どちらさまでしょう」

「塙です。塙玲衣子と申します」

初めはぴんとこなくて、しばらく考えていました。そのうち、塙さん本人と気付き、慌ててドアを開けました。ドアの外に立っていたのは、長身で細身の美しい女の人でした。五月のことでしたから、白いシャツに薄いピンクのカーディガンを羽織《はお》り、ジーンズという姿でした。後ろには、眼鏡《めがね》をかけたショートカットの女性が控えています。

「突然すみません。職場ではまずいでしょうから、お話だけでも先に伺《うかが》って、計画を立てた方がいいと思いました」

塙さんは、こうはっきりと仰いました。少し関西訛《なま》りがありましたが、滑舌《かつぜつ》のいい人だな、と思ったのを覚えています。私は慌ててスリッパを揃えて、お二人を招じ入れました。そして、食器は流しに置いたまま、娘たちを勉強部屋に追い立てました。

「ごめんなさいね、夜分に」

塙さんはにこやかに、娘たちにまで笑いかけて謝っていました。当時、長女は小学二年生、下の子は五歳になっていました。そうです。夫の不倫が始まってから、すでに五年以上の月日が経っていたのです。長女が次女の手を引いて勉強部屋に消えると、塙さんが食卓にノートを広げました。

「お話をまず伺います」

私が時系列を追って、ことの次第をお話ししますと、塙さんは頷きながら綺麗《きれい》な字でさらさらとノートに書き付けていました。そして、時折、控えている女性と何か小声で話しておられました。その方は確か辺見《へんみ》さんと仰る方で、ご一緒に活動して、塙さんを支えられていたと聞いています。

「では、単刀直入に伺いますが、今井さんはご主人に何を望みますか？　慰謝料？　養育費？　それとも何でしょうか」

「恥を掻《か》いてほしいです」

私がはっきり言うと、塙さんは白い歯を見せて笑いました。

「そりゃ、いいわ」

私は塙さんの笑いに勇気を得て、もっと言いました。

「ともかく、恥を掻いてほしいです」と。「夫は立派な医者と思われているかもしれませんが、家庭では長い間妻を欺《あざむ》き、しかも自分と彼女の幸せのために、妻子を棄てていこうとしています。私たちのことを、自分たちが幸せになるための障害だと思っているはずで、それが悔しいんです。何も犠牲がなかったなんて、絶対に思わせたくない。それがすんなり別れられない唯一の理由です」

「その通りですよ。相手の言うことを聞いてはいけません」

辺見さんがそう言って、塙さんのお顔を見ました。塙さんも深く頷いておられました。

「よく学会にこっそり二人で行くと聞きましたが、今度の学会はどこですか？」

「京都と聞いてます」

夫はそんなことを明かさないので、私が同業の強みで、こっそり調べたのです。

「京都なら、絶対に二人で観光するつもりですね」と、辺見さん。

「はい。学会は、二人で旅行する機会にしているようですので、間違いないと思います」

私が言うと、塙さんが眉を寄せました。

「しかし、まだ離婚も成立していないのに、その女性も図々しいですね」

「そうなんです」

そう答えた私の目には、嬉し涙が光っていたと思います。やっと私の苦しみをわかってくれる人が現れて、味方になってくれる。そう思うと、涙が出るほど安堵しました。そのくらい、孤独の淵にいた私にとって、塙さんたちは救世主だったのです。

「では、京都で開かれる内科学会に、立て看《かん》、垂れ幕その他で殴り込みをかけることにします。そして、ご主人の名前を連呼しますので、恥を掻いてもらいます。ついでに、医者の集まりということですから、私たちの主張もしますよ。よろしいですか？」

「構いません」

「戦略として、マスコミには事前に伝えますが、お嫌じゃないですか？」

「大丈夫です。お願いします」

私は頭を下げました。もちろん私たちのトラブルが公になることに、躊躇《ためら》いもなくはありませんでしたが、こうでもしないと夫は反省しないだろうと思ったのです。私も追い詰められていたんです。お二人にお茶も出さなかったと気付いたのは、お二人が帰った後でした。そのくらい、上擦《うわず》っていたんですね。

塙さんの印象ですか？　よくテレビに出ているのを見ましたし、週刊誌なんかも賑わせていた方でしたから、行動の派手な目立ちたがりの人なのかと、私などは批判的に見ていたのは事実です。だけど、実際にお会いすると、とても物静かな賢そうな方で、しかも美しい。派手に立ち回っているのは、すべて計算ずくでやっておられることなのだろう、と思ったものです。

とはいえ、さっき言いましたが、彼女の主張をすべて受け入れていたわけでもありません。女性のために、社会的に解決しなければならないことはまだたくさんあるのに、その前にいきなり中絶だのピルだのと、セックスのことを言うのはどうか、と思っていました。

つまり、私もまだ開かれてはいなかったんですよね。今になると、塙さんの主張は正しかったと思いますよ。女が自分の肉体を安全に管理するところから、本当の解放が始まるのだと思います。塙さんはそれを薬剤師という科学の立場からやろうとしておられた。やり方に問題があったことなど、いろいろ言われるかもしれませんが、私は彼女を偉い女だと思っています。

はい、学会当日ですか？　凄かったですよ。当日の朝、私はピ解同の方たちと、学会の会場となっている京都のホテルに向かいました。前夜、夫が彼女と投宿したことは、前日から張り込んでいる辺見さんから連絡がありました。やはり、と安心する一方、私が髪を振り乱して仕事や家事、育児をやっている時に、夫は彼女と観光三昧だったのだと思うと、心は穏やかではありませんでした。

知らない土地で、美味《おい》しいものを食べ、一緒に泊まって遊ぶ。名目は学会への出席ですから、交通費も宿代も病院が出しているはず。もともと夫は、物見遊山《ものみゆさん》のために学会を利用して出かける医者をもっとも軽蔑していました。なのに、今は自分が逢い引きに利用している。何と汚く堕落したことでしょう。病室から病室へと、廊下を白衣の裾を翻《ひるがえ》して急ぎ足で歩く夫はもういないのだ、とつくづく思ったものです。

ホテルの入り口で、いきなり塙さんが隠し持っていたローズピンクのヘルメットを被りました。同時に、二階の窓から、大きな紙に書き付けられたスローガンが垂れ幕のようにざっと下がりました。数十人いる仲間の女性たちが、それぞれ数人がかりで大きな垂れ幕を掲げます。「中絶解禁」「ピルを解禁せよ」「女の身体は、女が管理する」などと、赤い文字で塗りたくるように書いてありました。お馴染みの光景です。

「皆さん、こんにちは。ピ解同の塙玲衣子です。私どもは、中絶とピルの解禁、ひいては女性の解放を訴えるグループであります。今日は抗議のために、京都までやってまいりました。我々は、内科学会に参加されている、東京は神田川《かんだがわ》総合病院の今井義彦《よしひこ》医師に抗議します。今井義彦医師は、妻には学会に一人で行くと嘘を吐き、常に愛人を同伴しています。今井医師は妻を裏切ること五年。五年の長きにわたって愛人と関係を続け、妻には家事、育児をすべて押し付けて労働力を搾取し、妻を裏切ることで大きな屈辱《くつじょく》を与え、そして今、妻が拒絶しているにも拘《かか》わらず、離婚を強要しているのです。その慰謝料は相場より安く、誠意はまったく見えません。これは、家庭内での権力を笠に着た、男の一方的横暴、搾取でもあります。こんなことを許していてはなりません」

「そうだ、許すな」と、女性たちが叫びました。もちろん、私も一緒になって叫びましたよ。

「今井義彦医師。こちらに来て、妻に謝罪し、自己批判するよう求めます」

「そうだ、逃げるな」

「出てこい」

ホテルから出てきたのは、警備の男たちや、医師会の世話役のような男たちでした。彼らがわらわらと飛び出てきて、垂れ幕を無理やり引きずり下ろそうとしたり、塙さんを摑まえようとしたりして、女たちと揉み合いになりました。私も医師会の職員のような男に腕を摑まれたので、「触るな」と暴れました。乱闘は思うツボです。なぜなら、あらかじめ連絡してあった週刊誌の記者たちが現れて、この修羅場の写真を撮るからです。その意味で、塙さんはマスコミを使うのが天才的にうまい人でした。

わーわー揉めている時、私はホテルのロビーから、こちらを不安そうに眺めている夫の姿を見たのです。瞬間、目が合いました。その弱り切った目を見て、私は本当に嬉しかった。いい気味だ、調子に乗るんじゃない、と思いました。

やがて、塙さんのマイクは取り上げられて、ピ解同のパフォーマンスは、屈強な男たちに制圧された形になりました。私たちはそれ以上、ことが大きくならないよう、急いで引き揚げました。近所に乗用車を停めてあって、塙さんと辺見さんと私はそれに乗って引き揚げ、他の人たちは三々五々、走って逃げました。

「どうでした？　今井さん、こんな感じで満足ですか？」

車中、塙さんは心配そうに私に尋ねました。私はロビーで様子を窺っている夫と目が合ったことを伝えて、満足だと言いました。

「それはよかったわ。あなたも、『泣き寝入りを許さない会』に入らない？　同じような目に遭っている女の人を助けない？」

塙さんに誘われましたが、考えた末に断りました。幼い娘たちがいるので活動などをする時間はなかったからです。しかし、それから塙さんの文章などを読み漁《あさ》って、塙さんは真面目で、とても頭のいい方だと感心しました。文章は感情論ではなく論理的でした。なので、私はシンパになったんです。

お礼ですか？　カンパという形で、数万は渡しました。当たり前じゃないですか。初期はそんなものでしたけど、後になってもっと高くなったかもしれません。でも、没交渉ですので、値段は知りません。

今井のその後ですか？　はい、病院はすぐに退職しました。医療関係者の間で、これだけ有名になってしまったからには、恥ずかしくていられなかったでしょう。慰謝料が希望額に達したため、私は離婚に応じました。だから、夫の開業は予定より数年遅れました。

今井とは以後ずっと音信不通でしたが、最近はSNSというものがあるので、上の娘のところに今井から連絡がありました。とても懐かしがって、会いたいと言われたそうですが、娘は断りました。今井もすでに八十歳を超えて、医院は十年前に閉めたとか。そして、あんなに苦労して一緒になった彼女とは三十年も前に死に別れたそうです。それからずっと一人だと聞いて、何だか哀れになりましてね。

今井と会うかって？　まさか、私はあの目付きを忘れていませんからね。どうしておまえが一緒にいるんだ、なぜ彼女じゃないんだ、と言わんばかりの悲しそうな目付き。

絶対に許しませんよ。でも、許さないのは、私だけでいいんです。あれは私と今井との戦争だったんですから、そこに世間が入る余地はないんですよ。

2　塙玲衣子の元同志「辺見茂斗子《もとこ》」の話

すみません、こんなお店に招待までして頂いて。居酒屋さんに来るのは久しぶりで嬉しいです。ええ、さすがに一人でお店に入って飲む、ということはないですね。こんなお婆《ばあ》さんが居酒屋で焼酎《しょうちゅう》をちびちび飲んでたら、みんな引くでしょうよ。だから、もっぱら家飲みです。

では、私は生ビールでお願いします。家では缶ビールを一本飲んだ後、焼酎のお湯割りを飲んでます。ええ、毎晩飲みますよ。でないと、気持ちが晴れないっていうか、緩《ゆる》まないっていうか、ともかく一日の締めくくりですね。

薬局から飛んで帰って、家で楽な格好《かっこう》に着替えて、缶ビールを開けた時の解放感と言ったらないですよ。そのために、仕事しているようなものですから。では、遠慮なくご馳走《ちそう》になります。

まあ、何のご用事かと思ったら、塙玲衣子さんのお話をお聞きになりたいのですか？懐かしい名前ですね。ほんとに久しぶりに聞きましたよ。私が彼女と一緒に活動していたのって、何年くらい前かしら。もう五十年近く前になりますよね。五十年、半世紀だわ。ずいぶん昔ね。

彼女は私の一歳下だったから、七十七歳になっているはずです。今頃、どうしてるんだろう。ほんとに久しぶりに、彼女の名前を聞いたわ。

そうですか、あなたは、私に会うために、わざわざ静岡までいらしたんですね。それはそれは、ご苦労様です。だけど、私は塙さんとは、もう何十年も前に別れたきりで、全然連絡とか取ってないんですよ。だから、お話のしようがないんですけど、それでもいいんですか？

塙さんが、どんな人だったか知りたいってことですね。昔の記憶でよければ、話しますよ。そうねえ、何せ頭の切れる人でしたね。テキパキしててね。あと、アイデアマンっていうか、いろんなことを仕掛けるのが好きだったわね。ともかく、マスコミをうまく使うのに長《た》けてるというか、目立つことが好きなんですよ。

その意味では、ちょっとお調子に乗り過ぎたところもあるかもしれない。でも、何かね、可愛いところもありましたね。よくいるじゃないですか。クラスに一人、明るくて可愛くて、勉強のできる目立つ子が。そういうタイプなんだけど、ちょっと泥臭いって言うんですかね。やっぱ、東京とか都会の子ではない素朴《そぼく》な感じがありました。本人は嫌だったかもしれないけど、私たちからすると、そこが何か許せるというか、可愛いところだなと思っていました。

塙さんは今、どうしてらっしゃるのかしら？　えっ、行方《ゆくえ》不明なんですか？　それは、ちっとも知らなかった。どうしたんでしょう、何が起きたのかしら。

でも、塙さんも、私と同じ薬学部だったですからね。資格取って、どこかで薬剤師とかなさっているんじゃないですかね、私みたいに。もっとも、私はN薬科大、塙さんは同じ薬学部と言っても京都大学ですから、全然レベルが違いますがね。

私はもう七十八ですけど、昔取った杵柄で、ずっと薬剤師やって食べてます。おかげさまで、細々ではありますが、何とか食べていけてますよ。ええ、今の薬局は、私がオーナーです。

「逍遥堂《しょうようどう》薬局」という名前の由来ですか？　変わってるって、よく言われます。いいえ、「坪内《つぼうち》逍遥」の逍遥じゃないんですよ、違うの。あのね、漢方薬には、婦人科に効く三大漢方薬というのがあるんですよ。ご存じないですか。

当帰芍薬散《とうきしゃくやくさん》、加味逍遥散《かみしょうようさん》、桂枝茯苓丸《けいしぶくりょうがん》の三つです。みんな更年期症状の、のぼせや足冷え、むくみなんかに効くんです。その加味逍遥散から取ったので、「逍遥堂薬局」。加味逍遥散ってね、よく眠れる、いいお薬なんです。私は大好きなの。あなたもそろそろ、必要なんじゃないですかね。まだお若いかな、ごめんなさい。

結婚はしてません。男は面倒臭いから、こっちからお断り。私らはご多分に漏れず、全共闘世代ですからね。若い頃は、学生運動をしている恋人もいましたし、同棲も何回かしましたよ。こんなお婆さんが、と呆《あき》れるかもしれないけど、誰にでも青春時代はあるの。今にあなたも歳を取るんだから、その時、私にこんなこと言われたなって、思い出してね。ま、あなたが私の歳になる頃には、私はとっくに死んでるけどね。

ともかく結婚しないで、一人で頑張って暮らしてきました。今の薬局を出したのは、二十年前かな。駅前にちょうどクリニックが開業するから、今、薬局出せばいいですよって、不動産屋さんに勧められてね。前は病院内の薬局に勤めてましたけど、貯金はたいて借金もして、あの小さな薬局を開きました。医薬分業時代ですから、独立できてよかったと思いましたよ。

でも、最近、駅ビルの中に大型のドラッグストアが入ったんですよ。歯磨きとか絆創膏《ばんそうこう》だけ売ってりゃいいのに、その中に薬局ができてね。処方箋を受け付けるんですよ。

便利なせいか、そっちに行く人も多くなったから、うちは戦々恐々《せんせんきょうきょう》よ。ずっと来てくれてる人は変わらないで来てくれるけど、皆さん高齢化でだんだんいなくなるし、私が引退するまで保つかしらと、ちょっと心配してるのよ。

すみません、雑談ばかりしてしまって。ところで、私のところにいらしたのは、どうしてですか？　いや、よく私の名前をご存じだったな、と思ってびっくりしたもんで。「ピ解同」でも、私は裏方みたいなものでしたから、私が塙さんと活動していたなんて、ほとんどの人は知らないと思いますよ。

京都の内科学会殴り込み事件？　そんなことありましたかね。あ、思い出しました。東京の医者が若い愛人を連れて京都に浮気旅行していたケースですね。奥さんと一緒に現場に駆け付けて、騒ぎを起こしたりして。あったわね、そんなこと。ほんとに、大胆なことしてたものだわ。

あの奥さん、どうされたかしら。そうですか。とっくに離婚されて、お元気なんですね。よかったです。愛人の方は早く亡くなられたんですか。なるほど。悪いことはできないなあ、と思いますね。因果応報。そんなこと言っちゃ悪いけど、人間、ストレスもありますから、知らず知らずのうちに、いろんな思いが溜まりに溜まって、悪い方に転ぶんですよ。でも、だったら、ダンナの方が死ねばいいのにね、なんて。すみません。

その奥さんが、平林さんて人でしたか。名前はもう忘れました。確かに、しっかり者の看護婦さんでした。ひどく怒ってらしてね。裏切られた裏切られたって、悔しそうに何度も仰って。覚えてますよ、恥を掻かせてやりたいってはっきり仰ったんですから。そういや、あれは名言だったって、塙さんが感心してね。しばらく、そればかり言ってましたよ。

その平林さんが私の名前を覚えていたんですね。それで、ネットで調べて、薬剤師名簿で確認していらしたんですか。確かに、あの頃の私は、塙さんの秘書というか、事務局長的な立場にいました。だから、塙さんとは四六時中、一緒でしたね。運転手みたいなこともさせられてましたけど、苦ではなかったですね。

しかし、それにしても怖ろしい話だわね。こっちは忘れていても、今は何でもネットで調べ上げられてしまう時代なのね。それなのに、塙さんの行方だけがわからないなんて、ちょっとおかしいわよね。彼女、今どこで何をしてるのかしら。もちろん、まだ生きてるんでしょう？　え、わからないの？　びっくりですね。

塙さんのことは、何年前までわかってるんですか？　三十年近く前までは、週刊誌にも出ていたんですか？　司法試験を受けるって、言ってたんですか？

へえ。でも、まあ、頭のいい人だから、それも不可能ではないでしょう。あれだけ騒がれた人だから、「その後の何とか」みたいな記事に出ているのかもしれないわね。え、そうですか。その三十年前の記事を最後に、行方がわからないんですか。

いいえ、私はもう塙さんには興味も関心もないから、全然そんな記事は注意して見ていないし、たとえ見ても、すぐ忘れてしまったでしょうね。私って、縁が切れた人は、もう私の中で全然復活しないんですよ。顧《かえり》みないっていうか。縁が切れたら、それきりなんです。芯が冷たいんでしょうかね。だから、彼女のことは、思い出しもしませんでした。いいえ、ほんとです。私は今を生きるので精一杯ですから。

塙さんと縁を切った理由ですか？　それはいろいろあったから、ひと言では言えないわよね。複合的理由って言うんですかね。いろんな要素があるのよ。

塙さんが嫌われていたかって？　まさか、そんなことはないです。明るいし、頭が切れるし、美人だし、人気者でした。ただ、私が彼女の方向性と合わなくなってしまっただけなんです。

よく興信所なんかのやり口として、調べる相手と仲の悪い人のところに行けって、言うじゃないですか。関係のいい人は、いいことしか言わないけど、こじれている人は何かネガティブなこと言うって。だから、私はネガティブなことしか言えないかもしれない。そんな行方のわからなくなった人の悪口なんか、あまり言いたくないんですけどね。

「ピ解同」のことですか？　ええ、二十代の頃は、本当に皆一丸となってわさわさ活動していました。楽しかったですよ。「ピ解同」に入る前はね、大学で全共闘運動をしていたの。だけど、男連中の性差別に頭にきてね。ほんとに遅れた連中でどうしようもない、と心底軽蔑してました。

何が嫌かって、いきなり私の下宿にどかどかやって来て、お米とか缶詰とかウイスキーとか、勝手に食べ漁ってね。アジトと称して、人のベッドに寝転ぶわ、トイレは汚すわで、もううんざりでした。そのくせ、女の私が彼らに尽くすべきだ、と真剣に思ってるんですよ。呆れますよね。

そんな性差別構造を内在化したままで、何が階級闘争だって、笑っちゃいますよね。私は本当に腹が立ちました。なので、私が女性解放運動に向かったのは、当たり前の道筋だったですね。

当時は、アメリカでも同じことが起きていましてね。ブラを焼いて、自分たちは男の持ち物じゃないと抗議したり、すごい勢いでした。黒人の公民権運動の次は女性の解放だったんです。要するに、世界レベルで性差別に対する抗議が広がっていたんですよ。

日本でも、女性解放運動は広がっていきましたけど、塙さんはその中でも画期的だったと思います。女性を本当に解放するには、女性が自分の身体を自分で管理しなければならないと、中絶の自由と、ピルの解禁を主張したんです。

今はもう、低用量ピルなんかが治療薬としても普及していますし、今の若い女性は自分の身体をよく調べて、知っていますよね。ネットにいろんな情報も載っていますし、調べようと思えば、いくらでも調べられて、自分で何とかできる。そんな世の中になりました。

でも、当時はまったく違っていました。ピルに関しては、副作用があると固く信じられていましたから、何も女性だけがそんな風に身体を痛めつけることはない、という論もあったんです。もっとも、製薬会社がちゃんと副作用のない薬を開発すればいいだけの話なんですけど、日本は女のことになると、腰が重いんですよ。

私は薬剤師の立場から言いますが、日本の女性は、こと中絶に関してはまるで罰を与えられるがごとく、危険な掻爬《そうは》手術をされています。「経口《けいこう》中絶薬」のように、もっと他の安全な方法だってあるのに、いまだにそうですよね。

あれは、中絶せざるを得ない状況の女性、そして産もうとしない女性を罰しているんですよ。つまり、中絶するような女はふしだらだって、言ってるようなものなんです。

誰がって？　もちろん、この世の中を牛耳《ぎゅうじ》る男たちが、つまり社会が、です。女性の身体を真剣に考えて、その負担を楽にしようなんて誰も思っていない。当事者じゃないからです。その点、塙さんの主張は正しいけれども、なかなか浸透しなかったのは、当時の情報操作もあったんじゃないかと思うんですよね。

誰が情報操作をしているかって？　もちろん、政治家というか国家権力でしょう。それも、製薬業界と結びついた巨大な権力です。今、政党と宗教団体との関連が言われていますけど、そんなことも当然あったのではないでしょうか。万世一系。日本の家族観は、女性を犠牲にして蔑《ないがし》ろにする上に成り立っているものなんです。

あら、ごめんなさい。何だか急に気合が入っちゃって、久しぶりに熱弁をふるってしまいました。ええ、私は曲がったことが大嫌いで、何かと腹が立つタイプなんです。若い頃を思い出しますね。当時は、すぐ戦闘態勢に入ったわけで。

ま、そんなこんなで、私は塙さんという、極めて優秀で賢い女性と一緒に活動しようと、頑張っていたわけです。だけど、塙さんはだんだん変わっていったと思いますよ。それが訣別した理由ではありますね。

どう変わったかって？　簡単に言うと、彼女は途中から、あまりにもマスコミ受けを狙うようになってしまったんです。ええ、参院選もそうですが、その前に宗教法人を作ったのはご存じですか？　「女性光源教《こうげんきょう》」という宗教法人です。これには、私は大反対で、塙さんと口論したんですよ。

私は女性解放という目的に向かって、真面目に活動しているのであって、それは宗教的な観念ではないし、宗教的動機ではないと。なのに、なぜあなたは女性の思いや願いを宗教活動に収斂《しゅうれん》してしまうのだ、と。女性解放という信念は、信心ではないのだから、宗教法人などやめてほしい、とはっきり言いました。

だけど、塙さんは頑として聞き入れませんでしたね。何と、タツノオトシゴをあしらったロゴまで作って、自分が教祖様になったんです。タツノオトシゴは、オスのおなかのなかで卵が孵《かえ》るからなんでしょう。笑っちゃいますよね。しかも、その宗教法人は、女性のみ入信を受け付けるというのですから、コントみたいでしょう？

「ピ解同」は、最初は真面目な活動をしていました。塙さんは、薬学部出身の知識を持って、中絶禁止反対、ピル解禁と主張していたのに、それがローズピンクのヘルメットを被って派手な攻勢をかけるようになってから、マスコミ受けを狙ってだんだん外れていったとしか思えないんです。例えば、紅白歌合戦に出ている歌手に、浮気で告発するから押しかけるだの何だの、予告までするようになったんです。

こうなると、塙さんはただのお騒がせ女ですよね。同じ女性解放運動をしている人たちからは批判されるし、完全に際物《きわもの》路線になりました。

それで、私は訣別を宣言したんです。塙さんには「失望した、もう『ピ解同』から外れる」と、はっきり言いましたよ。そしたら、塙さんは憮然としてました。

「あなたも、あの人たちと同じことを言うのか。失望したのはこっちだ」と、言われました。あの人たちというのは、塙さんを批判していた女性解放運動の知識人や活動家たちです。今で言う、フェミニストですね。

しかも、「こういう陽動作戦をしないと、運動が根付かない。私はそれを狙っているのだ」と、そんなことまで言ったように記憶しています。陽動作戦どころか、笑いものになっているのに、どうして気付かないんだろうと、私は歯噛《はが》みする思いでした。

そして翌年には、「女の党」という政党を作って、参院選に出ることになったのです。その頃、私はもう離れていましたから、新聞か何かで塙さんの弁を読みましたっけ。「政治から変えていかなきゃ、世の中は動かない。だから、議員を送って法律を変える」と。その布石のために宗教法人を作ったのだ、と言い張ってましたね。

その頃からですかね。彼女の周りには、ブレーンのようなマスコミの男たちがくっつくようになったのです。男たちにとっては所詮、他人事ですよね。無責任ですから、塙玲衣子がただ面白いことをすればいいわけです。塙さんがどんどんおかしくなって、変なことばかりすればするほど、マスコミ的には話題ができていいのだ、と吹き込んでいたんだと思います。

もしかしたら、塙さんの頭の中には、創価学会と公明党のようなイメージがあったのかもしれませんね。信者から選挙資金を募《つの》れれば、と本気で思っていたのではないでしょうか。

参院選はもちろん惨敗でした。供託金が返せないとか、塙さんが製薬会社から金をもらっていた、とか、金銭関係のダーティな噂《うわさ》が出るようになりました。

同時に、彼女の周囲から、人がどんどん離れていきました。そんな時、塙さんが選挙で負けたら主婦になる、と宣言したんです。事実上の引退どころか、運動の敗北宣言ですよね。女性解放運動だったのに、最後は選挙に負けて「主婦」ですよ。完全な、男への隷属じゃないですか。私は恥ずかしかったですね。

ええ、彼女には腹を立てていました。一緒に運動した経歴そのものが恥のように感じられて、私の過去の中でも、とりわけ捨象《しゃしょう》したいものだったんです。

そのブレーンの男たちと会ったことがあるか、というご質問ですか？　もちろん、会ったことはありますよ。私が塙さんの秘書的な立場にいた頃から、数人いましたね。

私が知っている人は、週刊誌のフリーの記者でした。塙さんは、その人とかなり仲がよかったと思います。男女の付き合い？　さあ、それはどうでしょう。プライベートまではわかりませんけど、一緒にお酒を飲んだりはしていたように思います。

塙さんは既婚者ですが、ダンナさんの姿は見たことがありませんし、彼女も一切話しませんでしたね。何でもお医者さんだとは聞いたことがありますが。

塙さんは何しろ時の人でしたから、他にも編集者やテレビ局の人や、ルポライターと称する、怪しい男たちとの交流がありましたね。あまり付き合わない方がいい、と注意すると、情報を収集しているだけだ、と嘯《うそぶ》いたりして。

そもそも、企業を襲撃する時などは、必ず事前にマスコミに報《しら》せてましたからね。それがだんだんとマスコミ主導に成り代わっていったように思います。こんなことをすると面白いとか、こんなことをすると世間が驚くとか、こういう風にした方がいいとか、吹き込まれた可能性は大いにあります。

私がそれを防げなかったのか、と言われても、それは無理でしたね。もう方向性がどんどんそっちに向かっていて、変えられなくなっていたと思います。

塙さんは当時、マンションに暮らしていて、そこが事務所のようになっていました。私を含めて、ごく限られた数人が出入りしていましたが、そこには件《くだん》のフリー記者なんかは来たことはありません。一人で、外で会ってたんでしょう。

その記者さんの名前ですか？　何だったかしら、忘れてしまいました。思い出したら、ご連絡します。彼女にくっついて、記事を書いていました。だから、マッチポンプって言うんですかね。面白いことさせて、記事に書いて、挙げ句、嘲笑《あざわら》うんです。

結局、嘲笑われてしまうのに、どうしてこんなにサービスするんだろうと思ったこともありました。それが原因で、「ピ解同」をやめていく仲間も多かったんですよ。でも、塙さんはエスカレートするばかりで、どんどん変な方向に向かっていった。

「ピ解同」は完全に、塙さんのワンマンショーでしたね。彼女が作って、彼女がプロデュースして、彼女を目立たせるための組織でした。最初は、女の泣き寝入りを許さないとか意気込んでましたけど、こんなことを個別にやっていても政治を変えないと意味がない、と思ったんじゃないですか。それはそれでいいと思うんですよ。でも、宗教法人は余計だった。

今なら、ネットやSNSもありますから、もっと違う運動の仕方があったように思いますね。#MeToo運動とかありますでしょう。私たちは、同じ発想だったと思いますよ。塙さんの時代に、インターネットがあったら、まったく違う運動展開になっていたように思うんです。あんな風に嘲笑されることはなかった。

塙さんが、目立ちたがりかって？ その通りだと思います。そう言うと、意地が悪いようですが、彼女は女王様みたいなものでした。その虚栄心が、マスコミにちやほやされる中で、捻《ねじ》れて形を変えていったような気がします。だから、日本の女性解放史の中でも、徒花《あだばな》どころか、嘲笑の的にされてしまうんですよね。それが悔しいです。

私は同じ薬学部の出身ですから、医学的にも科学的にも彼女の主張は正しいし、違う視点からの女性解放だと同調して、一緒にやってきました。だから、それが笑いものになるということが、すごく辛いんです。

今日、お話ししていたら、私の義憤がまた戻ってきました。すみません、だんだん興奮してきちゃって。私も、少し話し疲れました。

ごめんなさい。今、お手洗いに行ったら、そのフリーの記者の人の名前を思い出しました。確か、権平《ごんだいら》さんという人じゃなかったかと思います。お名前が面白いので、塙さんはゴンちゃんと呼んでましたね。でも、当時四十歳以上でしたから、もうお亡くなりになっているんじゃないかしら。生きておられるとしても、九十歳に近いと思います。

そうそう、それから余計なことかもしれませんが、「女の党」から大勢の立候補者が出ましたから、その名簿を調べれば、当時のお話は聞けるんじゃないでしょうか。

はあ、私のことですか？　内科学会に殴り込みをかけた時、すでに「ピ解同」の路線が決まっていたのではないかと。それなのに、なぜ反対しなかったのかということですか？　その時から、塙さんの路線は決まっていたのではないか、というご指摘ですね。

そうですね。その通りだと思います。私もピンクのヘルメット被って、垂れ幕持ってましたからね。私は、恥ずかしさを感じていましたが、この行動は、その恥ずかしさを乗り越えて、世間にアピールしなければならないことなのだ、と大真面目に考えていました。

人前に出るのが苦手な子が、学芸会にその他大勢の役で出るようなものです。

みんな同じ思いだったと思います。理屈をこねたり、観念的なことはいくらでも言える。問題は行動なのだ、と塙さんは教えてくれたように思います。だけど、その行動が突飛だったから、どんどん突飛にしないと世間は驚いてくれない、とそんな風になったのかと。

そもそもリブの人たちは、頭でっかちの女を嫌う傾向があります。確かに、経済的に恵まれていれば、教育機会も増えるわけですから、そこにまず差別構造があると考えられても仕方がないと思います。そうです、四大卒の私たちは、教育を受けられた恵まれた女たちでした。

当時の女性解放運動には、経験者が一番上みたいな思い込みがあったように思うんです。つまり、酒場や工場などの労働をしながら、子供を産んで辛い思いをしている女が、一番発言力があるといいますか。そういう人たちが助け合って、コミューンを作ったり、子育てを通して発信していく、それが一番地に足が着いていて偉い、というんでしょうかね。

そこに京大薬学部卒の塙さんが殴り込んでいったのです。塙さんはまず女性の身体を自分で管理する、という観点から解放を提唱したのに、それは「ピル」という一点のために受け入れられなかった。それで仕方なく派手な行動をしていった、のではないかと思います。

だから、そもそも運動の中に階級差があった、それが悲劇の元だった、という言い方は不遜《ふそん》かもしれませんが、そういう時代だったのだと思います。それを私たちピ解同は、やり方を間違えて乗り越えられなかったんです。そんなこと、今は誰も言わないかもしれませんが、私はそう考えています。

ああ、私も歳を取りましたね。今、七十八歳ですからね。塙さん、生きておられるといいですね。あなたとお話ししていたら、塙さんとまた議論してみたくなりました。

今日は余計なお喋《しゃべ》りをしてしまったような気がします。でも、久しぶりに彼女のことを思い出してよかったです。ご馳走様でした。

3　当時、週刊誌編集長だった「奈良貞雄《ならさだお》」の話

私が奈良です。名刺はないよ。はい、昭和四十八年から六十三年までの十五年間、『週刊新潮流』の編集長をやってました。西暦はいつかって？　さあ、何年かな。すぐにはわからないから、あなたの方で調べてよ。てか、調べてからいらっしゃいよ。私らなんか、それぐらい準備して取材に行ったものだよ。相手に侮《あなど》られないようにね。

ええ、もう八十五です。女房は三年前に死にました。今は一人で楽しくのんびりと生きてますよ。憎まれっ子世に憚《はばか》るってやつでね。

私が編集長になった時は、まだ三十六歳だった。当時の社長の大抜擢ですよ。もちろん、若造に何ができるだの何だのと、古いブンヤ連中に悪口言われたもんですよ。みんな、やっかみやがってね。苛められたよ。ま、そういうヤツらなの。

十五年間編集長やって売上も伸びたから、もっとできたはずなのに、バブルの記事でちょっと財界関係とトラブルがあってね。編集長、辞めさせられたんだよ。それが悔しくてね。その後、編集顧問になったけど、そんな暇な仕事、まだ五十代なのにやりたくないよ

ね。だから、会社を辞めてやった。

その後は、フリーでルポとか書いたりしてたけど、自分で書くより、他人に指揮するのが好きらしくてね。編プロ作って、それなりに頑張ってやってましたよ。でも、それも、二十年前に何だか飽きちゃってね、ジャーナリズムからは足を洗いました。それで長生きできているのかもしれないけどね。ま、どっちがいいんだかわからないよ。

ところで、塙玲衣子のことを聞きたいって？　何で調べてるの？　あなた、名刺にはライターとあるけど、どっかの記者なの？　一人で調べてるのか、なるほど。

へえ、彼女は行方不明なのか。それは知らなかった。彼女も生きてたら、七十七歳くらいでしょう？　どっかでちゃっかり生きてると思うよ、私みたいに。

しかし、私のところまで聞きに来るとは、驚きましたよ。熱心だね。よく調べられたと思いますよ。なるほど、大宅《おおや》文庫で塙さんの記事が出ている週刊誌を探して、当時、編集長だった人を片《かた》っ端《ぱし》から当たったのか。他の週刊○○とか、週刊××の編集長なんかはどうでした？

え、みんな、定年になった途端に死んだの？　私以外？　そういや、そんなこと聞いた気がするね。毒喰らわば皿までって言うじゃない。週刊誌の連中なんて、毒も皿も喰って暮らしてたからね。みんな書かれたヤツから恨まれてるからさ、呪われ死にしたんだろうさ。でも、もう、それすらも大昔だ。

もっとも、あの頃は滅茶苦茶な生活してたからね。何日も徹夜して、風呂も入らずに糖質たっぷりの店屋物食って、部下を大声で怒鳴りまくってさ。タバコ何箱も吸って、校了明けにはウイスキーを気を失うまで呑んでるんだから。そんな生活してたら、長生きするわけないですよ。

私も、部下にしょっちゅう怒鳴ってたものね。「こんな記事しか書けねえのなら、今すぐ、その窓から飛び降りろ」とか「こんなガセ、持ってくんな」って言って、原稿をバサッと顔に投げつけたりしてた。今なら、パワハラ中のパワハラだね。それで飛び降りるヤツもいなかったからよかったけど、今のヤツらなら弱いだろうから、わからないやね。SNSとかでチクられて、即クビかね。

それにしても、当時の編集長だっていうんで、私の自宅にまで聞きに来るなんて、まだ若い女性なのにすごい行動力だね。あ、そうか。今そういうことを言うと、これまたセクハラになっちゃうのか。よかったよ、今みたいに窮屈な時代に編集長なんかしてなくて。一発で告発されちゃうよね。

昔はよかった、なんてことを言うと、今や化石どころの騒ぎじゃないでしょう。ただの迷惑、いや犯罪的なジジイになってしまう。ワインスタインみたいに、昔のやんちゃを暴露されちゃたまったもんじゃないでしょ。

ワインスタインのは、やんちゃどころじゃない？　じゃ、何て言えばいいんですか？

セクハラでパワハラって言えばいいの？　違う、性暴力とレイプですか。そりゃまた、あのオヤジ、やるねえ。あ、その言い方も駄目《だめ》なんだね。やれやれ、めんどくさいな。そんなこと言うと、永遠に怒られそうだ。私なんか、本当にいい時に週刊誌やらせてもらったと思いますよ。黄金時代だね。

うちの記事がえげつないって？　そりゃそうですよ。週刊誌なんて、マッチポンプは当たり前で、他人のアラばかり探して、それを書きまくるのが仕事なんだから、それで売れてなんぼの世界。綺麗事なんか言ってられないよ。要するに、速さや正確さを競うのではなくて、世間が大好きな下世話なスキャンダルがすべてなの。それが週刊誌なんだよね。

塙玲衣子は美人だけど、男に嫌われてたから、いいネタだったね。ただ、あんまりやると弱いものイジメになるから、男らしくないっていうんで、悪を懲《こ》らしめるかのように強くも書けない。その塩梅《あんばい》が難しいんだ。週刊誌は男の読み物だからね。

だけど、塙は弱いものというよりは、キワものとか、イロもの扱いな感じだったな。正々堂々と闘う相手じゃなかったんだよ。こんなおかしな女たちがいて、笑止なことをやってるぞ的なからかい記事だね。それには、女をぶつけるのが一番楽だった。女の敵は女だって、男たちが高みから嗤《わら》うの。

「ピル解禁を要求し中絶禁止法に反対する」という塙の主張を、真摯《しんし》に考えなかったのかって？　それはなかったね。中絶とかピルとか、男には関係ないってみんな思ってたんじゃない？　当時の男たちは。私もそうでしたよ。まるで生理の血を思わせるような、そんな生々しい話は聞きたくないもの。

ただ、女たちがうるさいことを言うようになってきたな、という世の中の流れは感じてたよね。日本の男たちが好む、従順で控えめな女なんて、世界じゃ通用しないってのもわかってきていたしね。

どうしてわかってきたかって、それは海外の映画とか本とかが入ってきたからでしょう。今ならインターネットがあるから、世界中が同時に動いている感じがあるけど、当時は表現物として後から入ってきたもので学習したんだよ。

だから、マスコミの男たちも薄々わかってはいたんだよ。みんなインテリだからね。日本の女性観は古くて封建的だって。しかし、塙のやり方じゃ、誰からも共感を得られないでしょう。あんな風に、浮気男の勤めてる会社や出張先に押しかけて騒ぎ立てて何が面白いの？

当事者を困らせて恥を掻かせて、それで溜飲を下げるなんて低劣だよ。男たちはみんなそう思っていたと思う。だからこそ、週刊誌の出番なんだ。塙のネタだったら、どんなものでもうまく書いて、いつでも載せようと思っていた。

塙は美人というだけじゃなくて、才媛だしね。イジメ甲斐がある女だったよ。しかも、どこをどうしたら、ああいう発想になるんだって驚いたのは、宗教団体と選挙だよね。あれは驚いたし、あまりにバカバカしくて、天下の週刊誌がわざわざ書くのも恥ずかしいってほどだった。

そのブレーンに誰がいたって？　権平？　私は知らないな。うちでは使ってないですよ。二流のルポライターかなんかじゃないの。

えっ、マスコミは男のものかって？　そりゃそうですよ。今は、女や子供や外国人や、それから、ほら、あれ何て言うの？　ＬＧＢＴＱとかって人たち。そういうすべての人に気を遣ってるふりして、公正を心がけなきゃならないらしいけど、本来は男のものですよ。社会を動かしているのは、男たちなんだから。男の視点に決まってる。だけど、そう表だっても言えないから、ほんの少しだけ少数者にも譲ってあげましょう的なものだね。

私のマスコミ観が古い？　そうかもしれないけど、私は本質論を言ってるだけだから、あなたの気に障《さわ》っても仕方がないよ。

あなたと喋ってると疲れるね。お茶でも飲みましょうか。いや、別にあなたに気を遣っているわけじゃないの。どうせペットボトルだから、気にしないで。

もうじき来ると思うけど、岩田《いわた》という男を呼んでおきましたよ。岩田は私の下で働いていた記者です。私が辞めた後、副編集長まで務めた、できる男ですよ。彼は塙玲衣子を追いかけていたから、私よりは何か知っているだろうと思ってね。あ、来た来た。じゃ、私は退散しますよ。

4　塙玲衣子を取材していた記者「岩田久志《ひさし》」の話

　こんにちは。どうも、岩田と申します。はい、私はもう仕事はしてませんが、趣味でものを書いていますので、恥ずかしながら、一応「作家」と名刺には入れております。よろしくお願いいいたします。

　ところで奈良さん、ご無沙汰しております。お目にかかるのは、二年ぶりですかね。お元気そうで何よりです。糖尿病とお聞きしましたが、ご体調の方はいかがですか？　そうですか、数値が下がった。さすがに、奈良さんはしぶといですね。そのご様子なら、百歳まで軽くいきますよ。

　塙玲衣子について、ですね。はい、お役に立てるかどうかわかりませんけど、私の知っていることでしたら、お話しさせて頂きます。彼女のことは、『週刊新潮流』では、私が担当というか、興味を持って追いかけてましたからね。

　プライベートなことも、とうにお調べになられているとは思いますが、敢《あ》えて言いますと、最初に結婚したご主人とは、昭和五十八年、つまり一九八三年ですか、離婚してるんですよ。選挙に負けて、「主婦になる」と宣言して引退したはいいけど、主婦どころか、シングルになって自由になっちゃったんです。

その当時の彼女には、もちろんしょっちゅうではないですけど、何度か会いました。でも、インタビューを申し込んでも、「私はもう引退しましたから」って、ピューッと逃げてしまうんですよ。前はあんなに目立ちたがりで、マスコミへの情報出しも巧《たく》みだったのに、どうしたんですかね。たまたま取材に来た女性週刊誌の人と、首を傾げましたよ。

残念ながら、ここ二十年以上は連絡が取れていない状態です。いや、二十年どころじゃないか。最後に書いたのは、そう、あなたが持っておられる、そのコピーの記事です。

確か「お騒がせ女性は今どうしてる」という特集記事でした。まあ、たまにやるんですよ。話題作りと言いますか、世間を騒がせた有名な女たちの、「あの人は今？」的な話題は人気があるんです。みんな、知りたいんですね。

ここに書いてあることは本当か、というお尋ねですか。はい、本当です。いくら週刊誌でも、嘘は書いていません。

二十年ほど前の夏の日でしたかね。塙さんの元ご主人だった土田《つちだ》さんから、僕のところに電話があったのです。ええ、僕は土田さんにも接触していて、付き合いが長いです。何かあったら連絡ください、と名刺を渡してました。

土田さんにお会いになられましたか？　まだというのは、どうしてですか？　はあ、電話では何度も話されたんですね。それで、いろんなことを調べてから、会いに行くという算段ですか。つまり、外濠《そとぼり》を埋《う》めてから、ですか。慎重ですね。

で、話を戻しますが、土田さんのところに、ある町の警察を名乗る男から電話がかかってきたというのです。その男は、「前の奥さんを恐喝容疑で逮捕した。そのことで話を伺いたい」と言ったのだとか。土田さんが、「今どうしているのか?」と聞くと、「男と逮捕されて留置場に入っている」と答えたんだそうです。

しかし、塙さんは、ご存じのように薬剤師の資格もありますし、専門分野の翻訳《ほんやく》で食べてもいけるはずだから、そんな恐喝なんてことをするわけがない、と土田さんは怪しんだそうです。それで、「こちらからかけ直すから、電話番号を教えてくれ」と言ったら、切れてしまってそれきりになった。

僕はその話を聞いたので、それなら真偽を確かめて、「あの人は今?」特集をやろうと思ったんですよ。その時はもう、奈良さんは編プロもお辞めになってましたね。

それで僕は、以前塙さんが住んでいた阿佐谷《あさがや》のマンションを訪ねたんです。そしたら、全然人気《ひとけ》がない。マンションはまだ、塙さんが所有していましたがね。近所の人に聞いたら、最近、住んでいる人の姿を見ないので、どうしたんだろう、という話でした。

結局、警察に問い合わせても、わからず仕舞いでした。はい、塙さんが逮捕されたという事実はなかったので、おそらく、いたずら電話だったんじゃないかと思うのですが。

で、ここからは僕の推測というか考えですから、まあ、適当に聞き流してください。土田さんは離婚されてから、新しい奥さんと立派なご家庭を築いていらっしゃいます。だから、塙さんとは一切関係がないわけです。しかし、塙さんはどこにいるのかわからない。行方を晦《くら》ましていますから、もしかして塙さんを恨んでいる人は、元ご主人の土田さんに嫌がらせというか、いたずら電話をかけたのかもしれないと思ったんですね。

ま、そんなことを言っても、あの七〇年代の「ピ解同」騒ぎから、すでに何十年も経ってますから、恨みがあったとしてもリアリティのない話ではありますが。でもせっかく、そんな謎の事件があったものですから、特集しちゃったんですよ。

ええ、それで塙さんだけじゃ足りないので、ゲバルト・ローザさんという、学生運動で有名だった女性とかも一緒に特集しているんですけど、塙さんに関しては結局、今何をしているのか誰も摑めなかった、というお粗末なものでした。

なので、塙玲衣子という人を知らない若い人のために、彼女の活動についても埋め草を書きましたよ。しかし、僕の方も塙さんを追いかけていたとは言っても、本当に久しぶりの話題提供だったので、びっくりしたんです。こんな言い方は悪いけど、もう週刊誌的には、賞味期限切れですからね。面白がる年代の人がすでにいない。

でも、当時は、土田さんのお話が本当なら面白い、と内心思ってました。だって、そうじゃないですか。あれだけピンクのヘルメットで騒がせた塙さんが、恐喝で逮捕されたたんですよ。それが本当なら、興奮しますよ。はい、それは我々、週刊誌記者の性《さが》です。すみません。内容が底意地悪いと言われても、それは当時の週刊誌のトーンなので、許してください。ほら、奈良さんが笑っておられる。

というわけで、以来、塙さんの話題は消えました。だから、あなたが彼女のその後を突き止めたら、むしろ教えて頂きたいくらいです。いえいえ、私は書いたりはしません。ただ、懐かしいからです。

そうでしたね。塙さんは選挙に落ちた後、「専業主婦になる」と敗北宣言をして、運動を引退しました。内部でいろいろ揉めていた、という噂は聞いていました。でも、彼女が製薬会社から金を貰っていた、という話はウラが取れませんでした。僕は今でも、あれはガセだったと思っていますがね。

選挙に出ると言って立候補した途端、つまり政治に首を突っ込み始めた途端に、そういうダーティな噂が飛ぶんですよ。噂はその前からあったのかもしれませんが、急に表に出るんです。

もちろん、彼女が製薬会社と何のつながりもなかったかどうかはわかりません。塙さんは薬学部出身の科学者ですから、無責任なことは言えないはずです。ピルについては、綿密な調査もしただろうし、そのために、製薬会社からデータを貰っていたかもしれません。製薬会社とまったく無関係だったとは言えないでしょう。

しかし、たとえ製薬会社から、運動体としての「ピ解同」にお金が出ていたとしても、カンパとして受け取ったなら、誰も文句は言えないはずです。カンパは悪いことじゃないですよ。それも事実かどうかはわからない。それを誰も調べないで、あたかもダーティな印象に仕立て上げていることが問題なんです。

僕も、誰が噂を流しているのかは、わかりませんでした。ねえ、そっちの方が怖ろしいと思いませんか？　いや、もちろん、詳しくはわかりません。何せウラが取れてないから。でも、誰かの陰謀じゃないか、と僕は睨《にら》んでます。

塙さんに誰か男はいなかったか、ですか？　彼女が結婚していた時ですよね。それこそ、みんな必死で追ってましたよ。いい週刊誌ネタじゃないですか。「女の泣き寝入りを許さない会」を作って、浮気男をとっちめていた彼女が、実は不倫していた、だなんて恰好の面白過ぎるネタでしょう？

もう奈良さんなんかが、必死に怒鳴りまくってましたよ。何か出ないかって。片鱗《へんりん》があれば、でっち上げろって。酷いですよね。でも、残念ながら何も出ないから、さすがに捏《ねつ》造《ぞう》しようもなかった。

運動もやめて離婚した塙さんが、どうやって食べていたかは、確かに謎です。だけど、さっきも言いましたが、彼女は薬学部出身で、薬剤師の免許も持ってましたし、ロシア語も堪能だったと聞いていますから、薬学書の翻訳などの仕事をしていたらしいです。やっぱ、京大出のインテリ女性ですから、いくらでもつぶしが利いたと思うんです。

彼女が引退してから、これまでの仕事の実態を、どうして摑めないのかって？　もうその頃は塙さんのことも過去になって、世間が興味を持たなくなったから、誰も追いかけてないんですよ。てことは、それだけ経費も使えないということです。塙玲衣子の名前を聞いたのは、本当に久しぶりでした。さっきも言ったように、賞味期限切れです。

あなたこそ、どういう動機で調べておられるんですか？　なるほど、塙玲衣子個人に対する興味と、当時の女性解放運動における彼女の立ち位置ということですね。私のような男から見たら、リブも「ピ解同」も極端に思えました。もちろん、子を産む性である、女の身体をそのまま肯定するリブが、どうしてピル解禁を謳《うた》う「ピ解同」を批判するのか、私にはその差がよくわかりませんでしたね。

運動における相互批判は無益な気がしませんか？　そうか、今の言い方は、他人事に聞こえますかね。なるほど、それが女の人の感覚なんですね。自分事として思えないのは、申し訳ないけど、男だから仕方ないです。

フェミニズムの人たちはどうして、女の問題は男の問題でもあるのだ、とこっちにまで問いかけてくれないのだろう、と残念に思いますがね。私から見ると、皆さんヒステリックでね。男たちは皆、問い詰められて詰《なじ》られて縮み上がってますよ。すみません、非難されても仕方がない言い方でした。すみません。

あなたが調べられても、塙さんの行方はわからないんですね。そうか、なるほど、彼女は見事に姿を消したんですね。消す理由があったんでしょうかね。何があったのか、とても気になります。

ええ、私は奈良さんよりも十七歳ほど下で、新入社員の時に週刊誌に回されて、それからずっと週刊誌をやってきました。奈良さんが会社をお辞めになった時はショックでしたが、残ってずっとやってました。定年後にフリーの記者になったんです。

奈良さんのことは心から尊敬していますよ。『新潮流』を、『週刊芸秋』と並ぶ二大週刊誌にしたのは、奈良さんのご功績だと思っています。やはり、あれほどまでのスキャンダリズム路線を押し出して、成功を収めたのは、奈良さんにしかできないことです。

出版界の伝説的人物ですから、あなたのような面識のない人が、ぽんと電話ひとつでアポが取れて、お目にかかってお話しできたのは、本当に奇蹟に近いことだと思います。でも、奈良さんご本人を前にして言うのは失礼かと思いますが、女性とはソリが合わないかもしれませんね。そうです、奈良さん。ご自分でもわかってらっしゃる。今編集長だったら、とっくにセクハラ、パワハラでやられてますよ。

塙玲衣子さんの人となりですか？　そうですね。真面目な優等生というタイプの人だったと思います。奈良さんとかは東大出の正統なインテリでエリート意識が強いですから、女性解放運動自体をすごく馬鹿にしていたと思いますが、僕は塙さんを嫌いではなかったですね。

誤解されると困るので言っておきますが、彼女は頭が切れてまっすぐで、なのに、何か間違ってしまうというか、ちょっと世に出るのが早過ぎたのかもしれません。

僕は内心、彼女たちの主張は正しいと思っていました。最初の頃は必死にやっていたのに、ねじ曲がっていったのは、何をやっても世間に受け入れられないという焦りもあったんじゃないですかね。好意的過ぎますかね？　いや、そのあたりから、僕も塙さんのことがちょっとわからなくなったんですよ。

宗教団体を設立したことですか？　ほんと、わけがわかりませんよね。そうですか。この前は、彼女と一緒に活動しておられた方を取材されたんですね。辺見さんと仰るんですか？　さあ、知りませんね。裏方だったんですかね。

塙さんは、平塚らいてうのように、「女性は太陽だった」的に、闇雲に女性解放を信じる人を啓蒙《けいもう》しようと思っていたんですかね。だとしたら、それは女性の思いをあまりにも軽く見過ぎてますよね。僕もそう感じていました。あれ、塙さんは何を考えているんだろうって。

自分は夫にこんなに苦しめられている、助けてくれ、と泣きついてくるような女性がいると、立候補しないかと誘ったそうですね。何もかもが変でした。

彼女をそうさせたブレーンがいるんじゃないか、というご質問ですね？　彼女の周囲にはいろんな人がいましたから、そうなのかもしれません。しかし、問題は踊らされる塙さんにあると思いますよ。

権平？　あ、ゴンちゃんですね。知ってますよ。彼がブレーンだったのではないかと、辺見さんが仰ったんですか？　ああ、どうだろうか。確かに、塙さんが何かする時は、べたっと張り付いてましたね。確か芸能系週刊誌のフリー記者でした。よく芸能人を張り込んで、恋仲を暴露したりして、スクープをあげるような人ですよ。

細面の優男でね。すごくお洒落《しゃれ》で、よく白いシャツの襟元《えりもと》にアスコットタイをしているのを見ましたよ。アスコットタイって知りませんか？　スカーフみたいなヤツです。冬はツイードのジャケットの中に黒いトックリセーターを着たりしてね。コートはキャメル。まず出版界にはいないタイプでしたよ。ダンディで、カッコよかったです。彼は今、どうしているんだろう。生きているなら、奈良さんと同じくらいですかね。

だけど、塙さんのブレーンになるようなタイプじゃないと思いますよ。ブレーンてことは、つまり、塙さんの場合、マスコミ受けする仕掛けを考えるわけですよね。どうかな。軽薄な感じだったから、策士というよりも、単にネタ探しで一緒にいただけじゃないかな。

権平の名前は、ネットには全然載ってないんですか？　大宅文庫に行かれたのなら、権平さんの記事はあったでしょう？　そうか、当時は記者名は書いていないから、編集長しかわからないんだ。なるほど、そうでしたね。

権平の下の名前ですか？　何だったかな。そうか、ちょっと聞いてみましょうか。何人か、記者仲間がいるから、覚えているやつもいるかもしれない。期待しないで、そこで待っててください。

わかりました。権平光宏《みつひろ》だそうです。光るに、ウ冠《かんむり》の宏。だけど、もうとっくに亡くなったそうです。残念でしたね。でも、縁《ゆかり》の人も見付かるかもしれないから、検索してみたらどうでしょう。何かわかったら、僕にも教えて頂けますか。では、頑張ってください。

5　母親が「女の党」から立候補した「松木隆行《まつきたかゆき》」の話

私が松木です。こんな不便な場所にまでおいで頂きましてすみません。家内が出かけているので何もお構いできませんが、どうぞゆっくりしていってください。

これは、どうも。ライターさんですか？　私は初めて、ライターという仕事の方にお目にかかりました。私は一昨年、定年退職いたしましたので、名刺は持っていません。ただの退職老人です。

勤め先は、M製作所という機械メーカーでした。そこの技術研究所で、長年、冷凍技術を研究していました。東京のS工大を出ましてね、技術畑一筋です。

退職したんで少し料理も覚えなきゃならんと思って、今勉強しているのですが、レシピを見るとつい、塩が何グラム、醬油《しょうゆ》が何ccとか、ここで言う「乳化《にゅうか》」とは何分でなるのか、とか数字ばかりが気になるんで、お父さんはデータがすべてだね、と妻や娘に笑われてます。でも、料理も科学ですね。どんな分野でもデータが大事だと思いますよ。堅実？というよりも、習い性ですかね。

母のイメージと違いますか？　そうですかね。母は弁の立つ怖い人と思われていたのかもしれませんが、本当は世話好きのおばさんで、目立ちたがり。いつも派手なスーツを着て、出歩くのが好きでした。気さくでね、誰にでも話しかけるし、困っている人がいると黙っていられない。単純なお人好しの正義漢だったと思います。

選挙になると、張り切っちゃうんですよ。他人の選挙を手伝うならいいけど、自分が立候補したがるんです。ご存じでしょうが、私の祖父、つまり母の父親も、島根県選出の衆議院議員でした。松木忠作《ちゅうさく》といいます。

母はその影響を多大に受けたんでしょう。三人姉妹の長女ですが、二人の妹、つまり私の叔母たちは選挙になんか首を突っ込まずに、見合い結婚をして平凡な主婦で一生を終えました。同じ姉妹で、どうしてこうも違うんだろうと私は不思議でしたね。

ちなみに、松木忠作は貧農の出で大学も行けませんでしたが、勤め先の乾物問屋の旦那に見込まれて入り婿《むこ》になったんです。それから市議、県議を経て、衆議院議員までやったんだから、たいしたもんです。衆議院議員は四期務めました。七十歳を過ぎて糖尿が悪化したので引退しましたが、温厚ないい祖父でした。

母は地元では選挙おばさんとして有名でした。学生の頃から、父親の選挙の手伝いをしていましたから、選挙となると血が騒ぐらしいんです。自分が出ても出なくても、夢中で駆け回っていました。出口調査じゃないですが、投票した人に聞いては、票読みまでしてました。

あの地区は自民が強いけど、今度の候補は女に人気がないから、奥さん連中が対立に票を入れたらわからないよ、とか当落予想をよくしてましたね。それがまた、よく当たるんです。自分の選挙の読みだけは、駄目でしたけどね。

最初の立候補はいきなり県議でした。もちろん、知名度がありませんから落選しました。祖父の票田《ひょうでん》なんか継げませんよ。今でこそ、政治家も世襲みたいになってますが、祖父は息子がいなかったので、母に継がそうとは思わなかったようですね。女の人が出るような時代じゃなかった。

でも、母は県議が駄目なら市議がある、と今度は市議に立候補したんです。政党も自民から民社、そして社会党と、しょっちゅう移ってましたから、周囲から今度の選挙はどこから出るの、とよく聞かれたとか。

まあ、あちこちの政党に入っては出て、と繰り返していましたから、節操がないと思われたんでしょう。でも、母は既成政党というものに、あまり執着していなかったんだと思います。もっとも、政党の方も女になんか期待していなかったから、冷たくあしらわれたのかもしれませんね。それで、居づらくなって離党したのかもしれない。

政党というものは、どこも同じだ、男だけの組織に過ぎないって、口癖のように言ってましたから。それも、今になって母の真意がわかるんですけどね。当時は負け惜しみだろう、くらいに思ってましたね。

母は、あくまでも一人の政治家・松木志津江《しづえ》として認知されたい、と願っていたのではないかと思います。政治信条は、とてもシンプルでした。平和と繁栄。まるで昭和の合い言葉みたいですが、それが母でした。

最近は、母が生きている時に、もっと思いを聞いてあげればよかったと後悔しています。私ら兄弟は男ばかりでしたから、家の中に母に同調する人間がいなかったのはちょっと気の毒でしたね。家庭では、母はとても孤独だったのではないかと思います。

母のことなんか、もう誰も覚えていないでしょうね。地元でも、とっくに忘れられた存在ですから、あなたがいらして正直びっくりしました。

ウィキペディアに名前が載っているのは知っていますが、没年不明ということは、母の死亡記事は新聞に載らなかったということでしょう。はい、母は七年ほど前に、八十五歳で亡くなりました。

七十代の後半から、急に言動が変になって、あれよあれよという間に認知症が進みました。晩年はほぼ寝たきりで、あんなに記憶力がよかったのに、私たちの顔も覚えていませんでした。ええ、主に私とうちの女房が世話しましたよ。兄たちは相変わらず知らん顔でしたな。冷たいもんです。

それにしても、母の話を聞きたいとおいでになったのは、あなたが初めてです。母の何をお聞きになりたいのでしたっけ？　ああ、あの七七年の参院選に立候補した時のことですね。よく覚えていますよ。私は当時高校生でしたが、ポスター貼りや、演説会場の設営なんかによく駆り出されましたから。

私は母を手伝っている姿を級友に見られるのではないかと、ひやひやしていました。いやいややってたんですよ。だって、母は民社党を離党までして、「女の党」から出馬したんですよ。私たちは誰も、そんな政党から出るとは、思ってもいなかったんです。

いや、そんなふざけた政党があることも知らなかった。だから、父も長兄も親戚もみんな大反対でした。祖父はその頃はすでに亡くなっていましたが、生きていたら、やはり反対したでしょうね。なぜって、「女の党」ですからね。偏見だらけの時代でしたから、馬鹿を言うな、とんでもない、政治を舐めるな、とか言って激怒したと思いますよ。

でも、私は三人兄弟の末っ子で、母に可愛がられていましたから、何だか母が可哀相でね。頼まれるままに、選挙を手伝いました。長兄とは八つも離れています。彼はもう東京で就職していて、田舎《いなか》の選挙のことなど我関せずでした。

二番目の兄は三つ違い。大阪の大学に通っていましたが、クールな男で、選挙なんかに出る母親は嫌いだと明言し、まったく実家には寄りつきませんでした。まだ元気なようですが、年賀状で息災を知る程度ですよ。

父は建設会社を経営していました。いや、継ぐどころじゃありません。祖父は結局、政治活動で祖母の実家の乾物問屋を潰してしまったんですよ。なので、母は無一文。むしろ祖父が残した借金があるくらいだったようです。

で、父は政治にはまったくもって無関心で、自分の会社を大きくすることにしか関心がなかった。選挙も母の金のかかる道楽だと、辟易《へきえき》していたと思います。

まあ、父にもいろいろありましたから、母の選挙のせいばかりじゃないんですが、私の両親は仲が悪くて、父はほとんど家にはおりませんでした。そんなわけで、家の中で母の味方は、本当に私だけだったんですよ。

ところで、母の選挙のことを、お聞きになりたいわけではないんですね。なるほど、塙玲衣子さんのご取材なんですか。腑《ふ》に落ちました。とても懐かしいお名前です。塙さんのお名前をしばらく聞きませんが、お元気なんですか？　そうですか。行方がわからないとは、知りませんでした。でも、彼女のことだから、どこかで元気にしてらっしゃるんじゃないでしょうか。

塙さんは、我が家にも挨拶《あいさつ》にお見えになりました。たった一度きりでしたけどね。有名な塙玲衣子だ、と好奇心丸出しでお迎えしたものです。

塙さんはオーラがありましたね。女優さんみたいに華やかな人でした。細身で長身で、茶色に染めた短い髪が何だかカッコよくてね。私はちょっと憧れてもいました。

でも、当時は政党を作ったり金策で走り回ったりで、何か焦っていたんでしょうかね。愛想はよくなかった。ずっと不機嫌で、打ち合わせも全然笑わないで、ぶすっとしててね。ちょっとあれは失望しましたね。事務所の若い女の子たちも、何か怖い人だ、と言ってました。

不機嫌の理由ですか？　私にはわかりませんでしたけど、後で供託金の金策が大変だったとか聞いたから、そんなこともあったんじゃないですかね。

供託金の出どころですか？　私はお金のことはよく知りませんが、医者をしているご主人に借りたという噂がありましたね。でも、いくらお医者さんでも大金をぽんと出すとは思えないし、どうしたんでしょうね。

母も塙さんがあまり気に入らなかったようです。塙さんが帰った後、選挙事務所を手伝ってくれている友人に、よく愚痴をこぼしていました。

何でも塙さんが、「この際、政治信条なんかどうでもいい。要は『女の党』から議員を送ることが大事なんだ。そして当選することが大事なんだ。あなたは選挙によく出る人だと聞いているから期待している。頑張ってくれ」と言ったとかで、母はプライドを傷つけられたようです。友人にこんなことを言っていました。

「激励しているつもりなんだろうけど、選挙に出る人の気持ちがわかっていない。こっちは真剣勝負なのに、まるで私たちをコマみたいに考えている。それも自分のコマとして。

ともかく頭数を揃えたい、という先走った思いだけが伝わってきてしらけた」

塙さんにそういう側面はあったようですよ。つまり、自分は立候補しないから、傷つかない立場にいる。そして、兵隊を出して高みの見物というかね、どこか上から目線な感じなんですよ。金を出したんだったら、もっと必死になればいいのに、と思います。何か、出馬しない理由でもあったんですかね。

彼女もピンクヘルメット被ってアジ演説して、マスコミに出た時代があったでしょう。その意味では、確かに矢面には立っていますよね。だったら、いっそのこと、党首として選挙に出たなら、「女の党」から塙さん一人くらいは当選したと思いますよ。

母が「ピ解同」に入っていたか、というお尋ねですね。

いいえ、入っていません。そして、その変てこな宗教法人にも関係ありません。ただ、立候補者を募っているというのを聞いて、選挙好きの母は出馬してみようと思ったんだと思います。

宗教法人の方は、完全に金集めでしょう。それしか考えられませんよ。その金でもって、政党を作ろうと思ったのだとしたら、確かにそれは安易な考えだったんでしょうね。

その塙玲衣子の安易な考えに乗って、母は自分が参議院議員になろうとしたんですから、母も安易だったんでしょう。「女の党」で供託金を出してくれるというのなら乗ろう、という調子のいい考えがあったんです。でも、母を責めるのも可哀相です。母に自由になる金なんかありませんでしたからね。

すみません、ちょっとお待ち頂けますか。多分、私の日記に当時のメモがあると思いますので、見てきます。


お待たせしました。やはり、残っていました。はい、私はデータ好きですから。

当時の供託金は、全国区で二百万でした。地方区で百万。母は全国区でしたから、二百万。全額、塙さんの「女の党」が出しています。その意味で、選挙資金のない母には好都合だったんですね。

これは、母の選挙結果です。

『七月、第十一回参議院議員通常選挙全国区に女の党公認で立候補し、落選（百二人中九十二位、一八八三九票）。供託金没収』

「女の党」の結果ですか？　全国区で十六万票取ってますが、比率は〇・三パーセント。「女の党」は十人の候補を出しましたが、一議席も取れませんでした。

この時、没収された供託金は、全部で千七百万です。私は全国区が何人いたのかは、よく知りません。ともかく、母は全国区で出馬して惨敗でした。

松木忠作と言えば衆議院議員で全国区ですから、島根で知らない人はほとんどいません。その娘が九十二位。母はさぞかし無念だったと思いますよ。てか、屈辱だったんじゃないかな。選挙の後はしばらく落ち込んでましたよ。

そうですね。塙さんさえ出ていれば、結果は少し違ったものになっていたかもしれません。塙さんは、派手なパフォーマンスで有名でしたが、薬学部を出た科学者でもあるわけですよね。それこそ、私と同じデータ人間だったはずです。

彼女なら、理路整然とピル解禁の必要性を説明できたと思うのです。そうしたならば、「女の党」も滑稽《こっけい》ではなかった。なのに、塙さんが逃げてしまったから、立候補した人たちはピエロになってしまった。

しかも、他の候補の人たちは、本当に員数合わせでかき集められた感じだったようです。バーのママさんとか、夫に不倫された奥さんとかの素人《しろうと》でした。要するに、塙さんのところに相談に来た人を、そのまま説得して出馬させたらしいのです。

その意味でも、選挙のエキスパート、そして政治家を目指す母の矜持《きょうじ》は傷ついたのではないかと思うのです。もちろん、これは憶測ではありますが。

データ？　さすがに、それはありません。けれども、選挙が終わってすぐに、塙さんとは袂《たもと》を分かったことからも窺えるというものです。はい、喧嘩別れ状態だったと聞いています。母はその理由を決して言いませんでしたね。

こんな話でお役に立てますか？　何だか一方的にぺらぺらと内情を喋っているようで、お恥ずかしいです。

さきほど、ちょっと言葉を濁《にご》しましたが、実は私は末子ではないんです。三人兄弟の末っ子なんて言ってしまいましたが。本当は、歳の離れた妹がおります。その妹は、母の子ではありません。

父が建設会社をやっていたと言いましたよね。建設と言っても家を建てるのではなく、橋を架けたり、下水を掘ったりする土木なんですが。社員が百人程度いて、地元ではまあまあの羽振りです。

お恥ずかしいことに、父が経理の若い女性と恋に落ちましてね。家に帰らなくなりました。妹というのは、その人の子供です。私と十五歳離れています。父はその子を認知して、愛人宅で暮らすようになりました。二重生活です。

スキャンダルは政治家として恥ずかしい、と母は父の行いを嫌悪しました。しかし、愛人とその子供の存在という弱みがあるために、父は母に選挙活動のための費用を出すようになるのです。まったく変な話なのですが、父は愛人のために、母の政治活動を容認したのです。それで母もますます選挙に血道を上げるようになっていったのです。でも、さすがに「女の党」から出た時は出さなかったようです。

はい、母は「ピ解同」には入っていませんでしたが、こんな事情がありましたので、塙さんの主張には心の底で賛同していたのではないでしょうか。それで出馬を決意したのではないかと思います。

母がその後、自分の政党を作ったのはご存じですか？　既成政党には失望して、塙さんの作られた党には賛同した。でも、それも失望して、とうとう自分で作ったんです。名は、「日本未来党」というのです。

あれはいつ頃でしたかね。「女の党」で落選し、その後しばらく無所属でしたが、六十歳を過ぎてから、旗揚げしたんじゃなかったかと思います。

その党是がおかしいんです。「日本の未来を作るには、男子の教育をやり直さないといけない」ということで、ずばり「男子教育の見直し」なんです。

『日本の男は甘やかされ過ぎている。ゲタを履かされている。なのに、それに気付かない男が多過ぎる。それでは、世界に対峙できないし、女も不幸になる。このままでは世界に負ける。亡国である。だから、家庭教育、学校教育で、男子を徹底的に教育し直さなければならない』

こんな演説をしたもんですから、非難ごうごうです。

市議選には、「日本未来党」党首として打って出たもんですから、最初から完全に泡沫候補、いろもの扱いでした。私の長兄なんか、「我が家の恥だから、やめさせろ」って私に電話してきましたよ。

いいえ、私は止めたりなんかしません。止められませんもの。あの人は一度思い込んだら一直線で、非難なんか聞こえても無視ですからね。母はそういう時、本当に頑固で強気でしたね。

父ですか？　父は無論、母の主張が自分に対する非難を下敷きにしている、と気付いていたんでしょうね。何も言いませんでしたが、母の作った政党にも、選挙にも資金は一切出さなかったようです。

それで母は寄付を募ったのですが、なかなか賛同者が見つからず、苦労していましたね。今なら、クラウドファンディングとかあるんでしょうけどね。それで前の選挙で手伝ってくれた人たちが見かねて、街頭募金やカンパで助けてくれましてね。

供託金は、参院選のように高くはない。ええと、指定都市ではありませんから、確か三十万でした。供託金はクリアできても、問題は選挙事務所の運営費、選挙カーやうぐいす嬢の手当なんかなんです。母の友人たちが集まって、事務所ではなく自宅で、市販の弁当ではなくおにぎりで、選挙カーではなく自転車で、とやってくれましたが、落選でしたね。笑われておしまいでした。

その後の母ですか。全然、めげなかったです。引退するまで、一人で「日本未来党」を引っ張っていました。党員はそれでも、全国で百人くらいはいたんじゃないでしょうか。はい、仰る通りです。今なら、もっと受け入れられたと思います。母は先見の明がありました。私は男ですが、母の言うことには一理あるな、と密かに思っていましたし、私の妻も、お姑《しゅうとめ》さんは正しい、と言ってくれました。

でも、母はこれまでの選挙遍歴で損してましたね。度重なる政党離脱や、「女の党」からの出馬。特に「女の党」からの出馬が、母の汚点になっていたと思います。今なら、もっとうまく作戦を立てられたのになあ、と可哀相に思います。

あ、こんな時間ですか。すみませんね、母の話ばかりしてしまって。あまりお役に立てなかったようで申し訳ありません。

私はこれから料理教室に行かねばなりませんので、そろそろ失礼します。今日の献立ですか？　中華おこわと青椒肉絲《チンジャオロース》、蟹肉のスープと聞いています。旨そうですよね。和洋中、いろいろやってくれるんで楽しみなんですよ。では、失礼します。こちらこそ、ありがとうございました。

松木隆行氏からの手紙

「前略

先日はお構いもせずに、失礼いたしました。

拙宅までお越し頂いたのに、母の話ばかりして申し訳ありません。

しかしながら、おかげさまで、母のことを久しぶりに思い出して懐かしくなりました。

何かお役に立てないかと遺品を整理したところ、母が認知症になる前に自費出版した『未来への伝言』という自伝が出てきました。

その本をぱらぱらめくっていたら、塙さんに関する記述がありましたので、当該箇所をコピーしてお送りします。お役に立てれば、望外の喜びです。

ご活躍をお祈りしております。末筆ながら、ご自愛ください。草々

松木隆行」

『未来への伝言』（松木志津江著）より

これまで生きてきて、数多くの人との出会いがありました。今でも忘れられない方が何人かおられます。あの有名な塙玲衣子さんもその一人です。

塙玲衣子さんは、ご存じ「ピ解同」という運動組織を立ち上げて、派手な活動で有名になった方です。勇ましくピンクのヘルメットを被って、浮気男を吊し上げるという爽快な報道をご覧になった方も、大勢いらっしゃると思います。

でも、塙さんは、本当は京都大学薬学部卒のインテリ女性です。薬学の知識を生かして、女性を望まぬ妊娠から守るために、日本では許可されていないピルを解禁するように、そして中絶禁止法を禁止せよと、真面目な運動をしておられた方なのです。

あれは、七七年の早春のことでした。ある知人から、塙さんが女性だけの党を作って、次の参院選で闘うつもりだから立候補する人を探していると聞きました。

それなら私も参加して参院選に出たいと、強く思いました。それで、知人経由で聞

いてもらったのです。塙さんはその話を聞いて、「嬉しい」と叫ばれたとか。それで、わざわざ私のうちに挨拶に見えたのでした。

あの塙さんが来る、と支持者たちは興奮していました。塙さんは、当時流行《はや》った半袖のジャケットとパンタロンというスーツをお召しでした。その色がローズピンクで、あのヘルメットの色と同じ。思った通り、綺麗な方でしたが元気がなく、沈んだ様子でした。「どうかなさったんですか?」と、私が聞きますと、塙さんは低い声でこう答えられました。

「供託金の捻出に苦労しています」

「そうですか。十人分なら、かなりの額になりますものね。ご主人が出されたと聞いていますが」

「夫一人じゃ無理ですので、他の支持者にもお借りしています」

強張った顔で仰いました。いつも自信満々の方、というイメージでしたから、とても不思議な気がしました。塙さんはゆっくり顔を上げて、私の目を見ました。どうしてか、左の目が充血していて、痛々しい気がしました。私が目をどうされたか聞こうとすると、視線を遮るようにこう仰いました。

「松木さん、言いにくいですが、ご自分の分は出せませんか?」

二百万は大金ですが、夫に頼めば出せない額ではない。でも、私は「女の党」から出馬するのですから、党が出すべきではないかと思いました。

「党が出してくれないのなら、私は個人で出ます」

塙さんは不快そうに顔を顰《しか》めました。

「少しでもいいんですよ」

「カンパならしますが、供託金は党が出すべきです」

塙さんはしばらく黙っていました。眉のあたりに苛立ちが表れていて、私は、おや、と思ったのを覚えています。塙さんは私より十五歳も若い人ですが、見かけによらず苦労しているんだな、と思ったのです。

「カンパはいくらくらいしてくれますか？」

私はその場で十万出しました。すると、塙さんは礼を言って、打ち合わせもせずに帰ろうとするのです。今日中に関西の他の支持者を回らなければならない、ということでした。

こんな状況でしたから、塙さんはかなり経済的には追い詰められていたのではないかと思います。おそらく、いろんなところに頭を下げて借金して回られたのでしょう。

（中略）

落選は早々とわかりました。私は衆議院議員だった父に申し訳ない気がして、沈んでいました。すると、塙さんから電話が入りました。

「すみません。力が及びませんでした」

私が謝ると、塙さんはひどく落胆した様子でした。

「あなたはベテランだし、経験もあるから、勝てると思っていた」

「塙さんがお出にならないと、やはり駄目ですね」

そう言うと、塙さんは黙っていました。それから、ぽつんと言いました。

「いろんな縛りがあるんですよ」

以来、連絡は途絶えました。塙さんが仰った「縛り」とは何なのか、よくわかりませんが、私は借金をする時に何か約束したのだろうと思っています。

後に、塙さんは「落選したら主婦になると約束した」と言って、活動から身を引きました。私はそれが「縛り」だったのだろうか、と気になって仕方がありませんでした。でも、「女の党」という女のための党を作ったのに、落選したから主婦になるとは、何という言い草だろうと私は呆れたのでした。

第二章

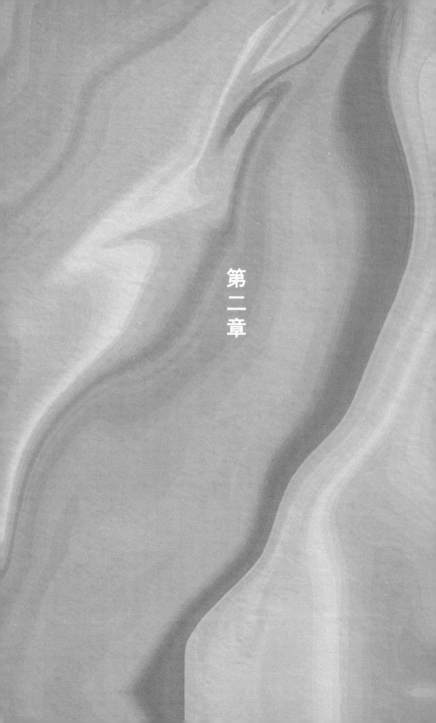

1　塙玲衣子の幼馴染み「森下義雄《もりしたよしお》」の話

キャッスル・バレーに、ようこそ。ははは。城山町《しろやまちょう》のことですよ。シリコン・バレーとやらのもじりですよ。

どこに行っても若い人がいて、驚かれたでしょう？　はい、やったんですよ、地方創生運動をね。それが見事に成功した例として、日本中からよう人が見にきますよ。

私どももね、このままじゃ町がどんどん寂れてゆくっていうんで、何となく不安だったんですわ。ほれ、高齢化率ちゅうのがあるでしょう、ご存じないですか？

高齢化率ちゅうのはね、総人口に占める六十五歳以上の割合なんだそうです。十五年以上も前になりますかね。城山は、その高齢化率が四十六パーセントまで上がったっていうんで、急に慌てたんだね。それまでは、何となく年寄りが増えたなくらいだったのが、実際に数字を見たら、こら大変だとなったわけですよ。

十五年前の城山の人口は、だいたい六、七千人だったですよ。その半分が六十五歳以上ってことなら、十年後二十年後にはどうなるのかってね。このまま放っておいたら、みな死んでしまって、残ってるのは爺さん婆さんだけでしょう。そしたら、城山はどこかの町と合併されて、消えてなくなってしまうだろうってね。

そこで、町役場主導で、創生プロジェクトチームを作ったんですよ。どうやったら、若い人の流出を食い止め、新たに若い人たちを呼び込めるかって、真剣に考えるためにです。チームの面子《メンツ》ですか？　平たく言えば、この町で長く商売をやっている連中でしたね。実は私も入っておったんですが、中心になったのは、町役場の地方創生課の課長さんです。それが淀川《よどがわ》さんて人なんだけど、この人が賢かったね。若い人を呼び込むには、まずは働く場所が必要だっていうんで、ＩＴ企業に声をかけたんです。この町で、従業員を働かせてくれないかって。社屋も住む場所もこっちで用意するから、そちらは人を集めてくれるだけでいいからって。

私はよう知らんけど、ああいうコンピュータをやる人って、家でもどこでも仕事ができるらしいじゃないですか。コロナで、私も何となくわかったけどね。

だったら、何も物価も家賃も高い都会で無理して暮らすことないじゃないか、こういう田舎の、空気も水も綺麗、人も親切で優しい場所でゆったりと働けばいいじゃないかって提案したんですよ。

淀川さんの偉かったところは、企業に声をかけただけじゃなくて、それと同時に移住者も募集したことでしょうね。そう、田舎に住みたいと思っている若い夫婦を募集して、徹底的に住居や学校を充実させたことなんですよ。住居提供、保育園無料、小学校・中学校は給食費免除ってね。

そうそう、あなたの言う通り。いずれ、ＩＴ企業の若い人たちも結婚して、ここに住みつくこともあるかもしれないんだから、教育や福祉の充実は絶対に必要だったんですよ。若い人が増えれば、税収もあるわけですからね。私ら高齢者も何とか生きていける。先細りじゃなくて、うまく町が回っていくんです。

それが成功して、今は五つの企業がここにサテライトオフィスを開いてくれたんですよ。だから、町には一気に若い人が増えて、活気が戻りました。

ええ、ずいぶん準備しましたよ。若い人たちのために住宅を新しく建設してね。それから、集まる場所も必要だろうからって、住宅のそばにカフェや食堂も作ったんですよ。

それが、あそこにあるガーデン・オブ・キャッスルね。ガーデンの中には、コンビニもジムもあるんですよ。いずれ、周りの空き地にテニスコートとか、バスケットコートも作るって聞いてます。そしたら、どこにも行かなくて済む。天国でしょう。ね、そうじゃないですか。

あと、フードドームっていう有機野菜の店も近くに出来たんです。地元で採れた有機野菜の店ですよ。レストランがあってね。私、そこでビオワインって初めて飲みました。ありゃ、うまいもんですね。

ちなみに、うちの家業は「しろ山堂」という昔からある菓子屋なんですけど、ガーデンの方に、ケーキなんかを卸《おろ》してます。前は和菓子とカステラくらいしかなかったんだけど、この際だからって、商品開発を頑張りましたよ。

ここで採れる名産のすだちを使った、サワーミストって名前のシャーベットが特に若い女性に受けてます。みんな喜んで食べてくれるから、こっちもやりがいがあるね。あと、和三盆《わさんぼん》を使った抹茶《まっちゃ》ケーキも好評です。

サワーミストのネーミングですか？　それは、ガーデンの店長の若い女性が付けてくれました。大阪から移住して来た人なんだけど、センスが違うなと思いましたよ。うちの女房が付けた名前なんて、「すだっち」ですからね。女房が「すだっち」はどうですかって聞いたら、店長に即却下されたって（笑）。そら、そうだよ。七十の婆さんが付けた名前なんて、受けないよね。

面白いもんでね。こういうのって、どんどん広がっていくんだね。あのね、ドイツ人と日本人の若い夫婦も移住してきて、「シロヤマ」という名前の地ビールを作ってくれたんですよ。全部で三種類の味があって、ジュースみたいに美味しいよ。

あなたも、ぜひ飲んで行きなさいよ。仕事中？　だったら、お土産《みやげ》用もあるから、買って行って。重い？　いや、宅配してくれるから、問題ないの。三本セットで二千円くらい。十五本入ったやつは、一万円くらいかな。プレゼントなんかにどうですか。ともかく、

「シロヤマビール」に寄って行って。今や、城山の名物になってるんだから。

ドイツ人のダンナさんはペーターさんっていって、三十歳くらいの人。奥さんは陽子《ようこ》さん。話しやすいし、いい人たちだから、工房にも行ってみて。東京からわざわざ取材にきたって言ったら、喜ぶよ。

他にもいるよ。移住してきて、ここでアートみたいなことしてる人。北海道から来たイチコさんていう人なんか、ここで機織《はたお》りしてマフラーとか作ってるんですよ。

あれ？　マフラーじゃなくて、ストールって言うの、今の人は。へえ、そう。じゃ、そのストールとか、敷物とか、いろんなもの作って売ってるようですよ。

何て言ったかな、イチコさんのところの工房は。ああ、このパンフレットに載ってますよ。「ホームスパン Ichiko」か。確か機織りの体験教室もやってるから、行ってごらんなさい、楽しいから。うちの姪《めい》も通ってるの。

しかし、面白いもんですよ。若い人が増えると、たちまち町がお洒落になるっていうか、若返るんだよね。美容院も菓子屋もスーパーも、みんな横文字になって、どんどん新しいものや洒落たものを売るようになる。私ら年寄りは、ああ、若い人を何とか集めてよかった、と本当に胸を撫で下ろしてますよ。

ほら、最近流行ってる言葉があるでしょう。ダイバーシティとかいうの。あれってこういうことだな、とつくづく思います。この先もいろんな人が来てくれるといいけどね。何か風通しがよくなって嬉しいよ。

ところで、あなたは何の取材でいらしたんでしたっけ？　ああ、塙玲衣子さんのことか。それは、失礼しました。私はてっきり、地方創生の取材かと思い込んでしまって、そっちのことばかり喋っちゃった。

昔は塙さんのことで取材がたくさん来たもんだけど、あんまり久しぶりなんで、塙玲衣子って名前も忘れてたくらい。それにしても、珍しいですね。あなたは見たところ若そうだけど、どうして塙さんに興味があるの？　へえ、フェミニズムの先駆者だから？　まあ、確かにそうなんだろうね。塙さんはね、早かったんだよ。誰よりも頭がいいからさ、五十年先を読んでたんだ。

塙さんはね、確かに私の同級生でしたよ。本名は石井数子《いしいかずこ》っていうの。塙玲衣子って、まるで女優さんみたいな名前でしょう。それも、大女優みたいな名前だよね。初めて聞いた時に、ほんとにあの数ちゃんか？　って、驚きましたっけ。

それにしても、彼女は華々しかったよね。あなたはまだ生まれてないだろうから知らないでしょう。日本全国で、彼女のことを知らない人はいなかったんじゃないかな。それほど、衝撃的なことをした人ですよ。

数ちゃんの家はね、この道の分かれた先に、ちょっと大きな橋があるんだけど、そのたもとのところにあります。まだ残ってて、今は移住してきた若夫婦が住んでますよ。

こないだ、そこの奥さんがうちの店にお菓子を買いに来て、ちょっと世間話をしたんだよね。それで、家の修理の話になったの。窓の桟《さん》が壊れたけど、古い建具なのでアルミに換えようかと思っているって言うから、ついでに教えてあげたんですよ。「あんたの家に住んでおった人で、有名な人がおるんよ」って。

そしたら、奥さんが嬉しそうな顔になって、「ええっ、誰ですか？」と聞くから、数ちゃんのことを教えてあげた。

「塙玲衣子さんて人だけど、知ってる？」

「いやあ、知らないです」

残念そうに首を振っていたよ。そうだよね。もう、塙玲衣子っていう名前を知らない人の方が多いかもしれないね。昭和は遠くなったね。

数ちゃんはね、小二の時に引っ越してきたんです。うちの店は、数ちゃんちのはす向かいにあるもんだから、小学生の頃から、数ちゃんをよく知ってますよ。その頃は、学校の行き帰りも一緒でね、よう遊んだもんです。

どこから越してきたのか、詳しくは知らないけど、確か近くだったと聞いてます。数ちゃんは、お祖父さんとお祖母さんに育てられてましたね。お祖父さんは尋常小学校の先生だったって人でね。人格者だった。

どうして預けられたかって？　お母さんが病弱な人で、何かと入院ばっかしてたんとちゃうかな。お父さんは高知の方に働きに行ってた。たまに帰ってくると、私たちみたいな子供にも「元気かい？」って、声かけてくれてね。世話好きのいい人でした。

数ちゃんには弟さんが一人おってね。その人もお父さんに似て、いい人だったね。五年くらい前に亡くなった。

弟さんの商売ですか？　県道沿いにあるガソリンスタンドです。今は息子さんが継いでますよ。ああ、でも、数ちゃんの話はしたがらないかな。どうしてって言われても、私にはわからないよ。

数ちゃんが、どんな子供だったかって？　そりゃもう、利発な可愛い女の子ですよ。明朗活発で頭の良い子。私なんか、ぼやっとしとるから、しょっちゅう打《ぶ》たれてましたよ。いや、打たれるいうても、そんな殴るんじゃなくて、「よっちゃん、はよ歩かんと遅刻する」とか、「道草するな」とか注意されてね。そうやってどやしながら、私のランドセルをぽんぽん叩くんです。女の子だから力は強くないけど、うるさかったね。思えば、その頃から、あのピンクのヘルメットの素質があったんだね（笑）。

小学校は、山根《やまね》小学校に通っていました。今は廃校になって、城山町に小学校はひとつだけになっちゃったけど、当時は三校はありましたね。昭和二十年代に、この辺の村が五つ合併して城山町になったんです。それで、人口は二万五千人くらいに増えたんですよ。

それが今は五千人です。当時の五分の一だから、いくら移住組が増えても、寂しいことは寂しいよね。

学校までは二キロ以上はありましたかね。子供の足だから三十分以上は歩いたと思うけど、もっと遠い子なんか、五キロで山越えなんて子もいたね。そういう子は、帰りは夜になるので、提灯《ちょうちん》を持って帰ってたね。私ら、提灯の時代ですよ。

数ちゃんとは、学校に行く時に橋のたもとで待ち合わせてた。帰りも別に待ち合わせたわけじゃないけど、いつも一緒に帰ってたね。もっとも、それも四年生頃まで。その後、私は野球に夢中になったし、数ちゃんは城山図書館に寄ることが多かったから、別行動だった。

でも、五年生の時、写生大会で並んで絵を描いたことがあったな。数ちゃんは、絵もうまかったね。私らは適当に塗りたくるだけだけど、数ちゃんは丁寧に下絵を描いてから、塗り込むんですよ。風景画だったけど、それがまた大人みたいにうまいんだよね。だから、下絵を描いてもらったら、先生にばれて怒られた。おまえがそんなにうまいわけがないって言われて。それで覚えてるんですよ。

そろばんも得意だし、何でもうまかったし、すぐできたね。放課後は必ず図書館で熱心に本を読んでた。どんな本かって？　それはもう、手当たり次第だって聞いたことがあるな。

私らが子供の時代は、今みたいに児童書とかそんなになかったからね。その意味では、数ちゃんは飢《う》えた人みたいに、貪欲にいろんなことをやっては完璧にこなしてたんじゃないですか。誰より早く手を挙げて、答えは全部合ってたね。そう、優等生。私みたいな劣等生とはわけが違ってたね。中学校に入ると、途端に近寄りがたくなったね。

数ちゃんは、そんで質問魔でね。すぐに手を挙げて、先生に質問するんです。数ちゃんが手を挙げると、先生がびくっとするという話を聞いたことがあります。

例えば、理科の授業なんかでも、イカの足はどうして二本だけ長いんだ、とか聞くわけです。そんなの教科書に載ってない。すると、先生はわからないから、「今度来る時までに調べておきます」と誤魔化《ごまか》す。すると、数ちゃんはちょっと溜飲を下げたような、得意げな顔をするんです。

そしたら、次の授業の時、先生が「調べたけど、わからなかった」と降参したんです。数ちゃんはこう言いましたよ。「生殖器じゃないですか、先生」って。生殖器って言葉なんか、誰も知らない小学生でですよ。あれはすごく印象的でしたね。要するに、気の強い頭のいい子でした。でも、別に威張ったりするわけでもない。気さくな子でしたよ。

私らは昭和二十年生まれの戦後の復興世代でしょう。中学の学年は三クラスありましてね。その同級生八十七人のうち、高校への進学組は三十人でした。残りはみんな就職です。その三十人の中で、数ちゃんは女性で唯一、城南《じょうなん》高校に進学したんですよ。

城南高校というのは、県下でも一、二を争う進学校ですからね、たいしたもんですよ。頭がいいだけじゃなくて、顔も可愛いしね。ほんと、郷土の誇りというか、高嶺の花という感じでした。

城南高校は県庁所在地にあるんで、家を出て下宿していましたね。その下宿にみんなで遊びに行ったことがありますよ。あれは、誰と行ったんだったかな。私ともう一人男子がいて、女子はいたかな。覚えていないですね。

数ちゃんに、女の子の友達がいたかどうかですか？　いたと思いますよ。ただ、数ちゃんは抜きん出た優等生ですからね。あまり仲のいい子はいなかったんとちゃいますかね。

あの頃の女の子はほとんど、中学を出たら高校には行かないで地元の店で働いたり、家事を手伝ったりして、すぐに結婚してましたからね。話が合わなかったんちゃうかな。

数ちゃんはその意味では、孤独だったと思います。むしろ、私のような男子とよく話してましたね。もっとも、私なんかは愚にもつかない馬鹿話しかできませんでしたけど、それでもよう付き合ってくれたよね。

あ、下宿の話でしたね。はい、確か高校の近くでしたね。六畳ひと間で、よく片付いていて綺麗だったのを覚えています。優等生は部屋も綺麗だな、と思いましたっけ。そこで勉強ばっかしてたんかね。

下宿代ですか？　さあ、賄《まかな》い付きでせいぜい一万てとこじゃないですか。でも、数ちゃんは自炊していたと思います。お金のことよりも、自分の好みの食事がしたかったからじゃないですか。そういうところはありましたよね。何もかも、人任せじゃなくて、自分はこうなんだ、という強い感じ。

数ちゃんを好きだったか、ですか？　いやあ、好いてるとかいう感じではなかったですね。何せ勉強ができるから、どっちかと言うと尊敬してるっていうか、そんな雰囲気。仲はよくても、距離はありました。いや、見下されてるとかは思わなかったけど、同等とは思われていない感じがあったな。それは別に嫌とか嫌じゃないとかじゃないんです。数ちゃんは、私らにとってそういう子だったんですよ。別の風に吹かれてるというか。決して、私らと同じ風の中にはいない。

数ちゃんは高校出てから、京都大学に入ったでしょ。そら、城山では大騒ぎですよ。京大に入った人なんか、おらんかったからね。やはり、優等生は違う、と伝説の人みたいになった。

そのうち、大学を出て、医者の卵と結婚したと聞いた。やはり、数ちゃんは違うとまた溜息ですよ。相手の医者は、高校の先輩だそうですね。数ちゃんは生物部に入っていて、その時、知り合ったと聞きました。

私もその頃、遠縁の娘と結婚しましてね。女房に、数ちゃんの話をしょっちゅうしてましたよ。うちの前に住んでいた女の子が京大に入って、医者の卵と結婚したってね。すごいやろって、まるで自分のことのように自慢してましたわ。女房？　嫉妬《しっと》どころか、苦笑してました。あんたが敵《かな》うわけない、と思ってたんでしょう。

だけど、数ちゃんは、同窓会の通知を出しても、ウンでもスンでもない。全然連絡がない。もう二度と城山には戻って来んのやろと思ってたら、突然、あの騒ぎでしょう。ピンクのヘルメット被って、えらく綺麗になって派手に現れた。

また、城山では大騒ぎですよ。あの「ピ解同」とやらの「塙玲衣子」は、あの優等生の石井数子じゃないかって。ピルの解禁とか言っとるけど、数ちゃんは相当に遊んでいるんやないか、なんて言う人もいたりしてね。

それでも、しばらくは英雄視してました。テレビや新聞に出てる有名人なんて一人もおらんから、何でもいいんですよ。自分たちが知ってる子が、全国を騒がしているんやからね。

そのうち、マスコミの取材も来たりして、みんなちょっと浮き足だってましたね。週刊誌の記者が聞き込みにきてるとか、何も出ないから、そろそろ撤収するらしいとか、覚え立てのマスコミ用語を使ったりしてね（笑）。

あれはいつだったかな。関西テレビで、塙玲衣子の特集やったことがあったんですよ。私も幼馴染《おさななじ》みってことで、出演させられたんです。はい、今喋ったようなことをぺらぺら喋りました。

だけど、当時この地域は、ＮＨＫと四国放送しか映らんかったのです。それで、みんなで集会所に集まって見ました。あの再生装置は何だったんだろうな？　ビデオですかね。多分、放送局から何か借りたんだろうね。

そしたら、数ちゃん本人から、私のうちに電話がありましたよ。

「よっちゃん、テレビ出てくれてありがとう。それも、私のこと、すごく褒めてくれて」

礼を言ってくれたので、こっちも嬉しくなりました。

「おまえ、ずいぶん活躍しとるやないか。テレビに出るなんてすごい」

褒めたつもりなのに、数ちゃんは怒ったような声で言い返しました。

「活動が目立つから、マスコミが面白がっているだけよ。私たちは真面目に取り組んでいるのに、そこは誰も認めようとしない」

議論になると、数ちゃんはムキになってうるさいので、私は「わかったわかった」といなしてから、こう訊ねました。

「ところで、おまえに何度も同窓会の通知送っとるけど、何も返事がこない。ちゃんと見とるのか？　たまには出てこいよ」

すると、すまなそうに謝りました。

「ごめんごめん。マスコミの人が、私の郵便物を勝手に見るから、マンションの管理人さんに言って、預かってもらってるのよ。それでいつも遅れて見るから、返事を出しそびれてるの」

それを聞いた私は、憤慨しました。

「郵便物を勝手に見るなんて、犯罪じゃないのか。おまえ、黙ってるのか」

「そうだけど、証拠もないから告発もできないのよ。だから、自衛するしかないの」

その弁を聞いた私は、数ちゃんは私らの想像もできない、苛酷な生活をしているのだと同情しました。

「そうか。困ったことがあったら、いつでも城山に帰って来いよ。みんなで助けるから」

そう言うと、数ちゃんは小さな声で礼を言いました。

「ありがと、嬉しい。そう言ってくれるの、よっちゃんだけだね」

珍しく素直だったので、私は感激したものです。本当に、傷ついたら、ここに帰って来て癒やせばいいと心底思ったのです。だけど、数ちゃんは最後にこう付け加えました。

「でも、私、田舎嫌いなんだよ。帰りたくない」

ほんと、がっかりしますよね（笑）。ま、噂の種になってしまうから嫌だったんでしょうけど、こっちはせっかく親身になってるのにと思いましたよ。

その数年後に、地元で塙玲衣子の講演会があったんです。山根小の同級生はみんな誘い合って、聞きに行きましたよ。そりゃ、いろいろ言われてはいましたが、何せ郷土の誇りですから。

聴衆も千人くらいは集まっていたでしょうか。主婦とか女子学生なんかも大勢来ていて、すごい熱気でした。ああ、そうです。あなたが持っておられる新聞のコピー。それがその時の記事ですよ。

『右も左も助平度は皆同じ。そのうち挨拶に伺いますよ』

『核兵器、公害を男に任せていたら、地球は汚れる一方。女性より男性がすぐれているのは筋力だけだから、筋肉労働は男に任せ、頭脳労働は女がやればいい』

『勤めがつらいという男性が多いから、炊事、洗濯を代わってあげましょう。男性にも愛する人に尽くすよろこびを味わわせてやらにゃあ』

どうです？　すごいですよね。男にとってみれば、カチンとくることばかり言ってる。でも、会場は爆笑の渦《うず》でした。爆笑ですよ、爆笑。みんなカチンときてるけど、きつい漫談を聞いているようなつもりなんですよ。男たちは、真面目に取り合ってなんかいない。

私も可笑《おか》しくて笑ったけど、数ちゃんは戦略を間違えているんじゃないかと少し心配になりました。そんな内容では、男たちは本気にしないじゃないですか。

私は、数ちゃんが道化になったみたいでハラハラしました。稀に、主婦や若い女性なんかが拍手してましたが、ごく少数でしたね。他は有名人をひと目見ようと集まっただけの人でした。これでは数ちゃんが浮いてしまう、と思いましたね。

でも、数ちゃんは地元には冷たかった。田舎は嫌いと明言した通りです。私たちがこんなに心配したり、心を痛めているのに、講演が終わると、さっさと帰ってしまったんです。私らが来てるのを知ってるのに、挨拶にも一切来んのです。

私はその時、数ちゃんは違う人間になってしまったから、元には戻らんやろ、と思いました。もう二度と同窓会にも来んのやろうとね。講演会ではいきのいいこと吹いてたけど、実際は傷ついとるんやないかと心配もしました。

それからも何回か、城山の実家には来たらしいんですが、私らのところに寄り付きもしない。しかも、顔を隠して歩いとったという噂を聞きました。その姿を見た人は、まるで何かを警戒している感じで、声もかけられなかったって。

要するに、どこにマスコミが潜んでいるかわからんし、私らも何を言うかわからん。だから、揚げ足を取られまいとして必死だったんでしょうね。だけど、何スターを気取ってんの、と怒る人もいて、敵が増えたのは確かですね。私のところにも、あんなに近いのに顔も見せなかったですよ。

それで、あの選挙があったでしょう。あれから数ちゃんの味方は、誰もおらなくなったんちゃうかな。ええ、でも、私は味方ですよ。何せ幼馴染みやからね。でも、あっちはそう思ってなかったのかもしれないね。そう思うと寂しいね。

それにしても、あんな死に方しなくてもね。ショックだったね。あれ、あなた、知らないんですか？　数ちゃんは亡くなりましたよ。噂で聞いただけやけど、孤独死してたそうです。大原麗子《おおはられいこ》さんみたいな亡くなり方だったって聞いたね。何があったかなんて、詳しくは知らん。弟さんも絶対に喋らんよ。だから、私もあまり喋りたくなかったの。

今の城山を見たら、数ちゃんは何て言ったですかね。あんなに田舎を嫌っとったんだから、何て言うか、それだけは知りたいよね。

2　塙玲衣子こと、石井数子の甥夫婦「石井信司《いしいしんじ》・千穂《ちほ》」の話

私は嫁なもんで、何にも知らないんですよ。ええ、主人が、その塙玲衣子さんこと、石井数子さんの甥《おい》だってことくらいで。主人の父親が、数子さんて人の実の弟だからね。ちなみに、舅《しゅうと》からもお姉さんの話は聞いたことなかったですね。もっとも無口で、余計なお喋りもしない人でしたからね。

主人のお母さんですか？　姑は最近体調がよくなくて、市内の主人の妹のうちで暮らしています。リウマチなんですよ。そっちの方が病院に通いやすいし、娘と暮らす方が気が楽だって言ってね。私はお世話できなくて申し訳ないんですけどね。でも、痛いのは辛いでしょうから、気を遣わないのが一番ですよね。はい、主人は妹と二人兄妹です。

そうですね。主人から聞いた話だと、舅と主人の伯母《おば》はそんなに仲よくなかったらしいですよ。理由はわかりません。舅が生きていれば、何か答えられただろうけど、五年前に亡くなりましたもんですから。

主人も出かけているから、私じゃどうしようもないですね。ほんと、申し訳ないです。

主人はね、釣り仲間と三人で釣りに出かけました。ええ、川釣りです。もうじき帰ってくると思いますよ。いつも三時頃には帰ってくるから。

せっかく東京からいらしたんだから、上がって待っててください。お茶でも飲みながらね。遠慮なさらなくていいんで、どうぞ。ガソリンスタンドの方は、係の人がいますから、大丈夫ですよ。

だけど、主人が帰ってきても、何もわからないかもしれませんよ。私だって、そんな話、一度も本人の口から聞いたことありませんもん。知ってて、私に話さなかったってこともないと思います。私らの間には秘密なんてないですから、隠したってすぐにばれますよ。もちろん、隠す必要もないだろうしね。だから、あの人も伯母さんのことなんか、何も聞いてないんじゃないですかね。おそらく、舅がそのまま墓まで持って行ったんとちゃいますか。

えっ、数子さんて人は孤独死したっていうんですか？　大原麗子さんみたいに？　そりゃ、気の毒なことだけど、私たち、そんな話は聞いたことないですよ。孤独死とかになったら、親類縁者が葬式出すことになりますよね。その役回りは、甥である主人しかいませんよね。

でも、繰り返しになるけど、そんな話は聞いたことがないです。誰も葬式を出さなかったら、無縁仏になるんですよね。それはちょっと人聞きが悪いわね。そんなことになったら、親戚が恥掻きますよ。悪いけど、それは単なる噂じゃないですかね。

ところで、うちのことは、どなたから聞かれたんですか？　ああ、「しろ山堂」さんですか。「しろ山堂」さんは、もちろん知ってますよ。狭い町ですから。

でも、あまり話したことはないです。なのに、あっちはいろいろ知ってるんだから、狭い町はいろいろと面倒ですね。東京からいらした方には想像もできんでしょうけど。

じゃ、孤独死の話も「しろ山堂」さんが仰ってたんですか。どうして知ったんでしょうか。肝腎《かんじん》のうちが何も知らないのに。

あ、そうですか、「しろ山堂」さんのご主人は、数子さんの同級生だったんですか。だったら、うちの主人なんかよりも、ずっと詳しいのとちゃいますか。何せ、うちの主人は甥とはいっても、そういうことには全然気が回らん人だからね。

数子さんのご両親ですか？　つまり、舅の両親ですよね。とっくに二人とも亡くなられてますよ。お母さんが割と病弱な人だったらしくて、ええ、胸を患《わずら》ってね。早くに亡くなられたそうです。お父さんの方も、二十年以上も前に亡くなられました。私が結婚する前でした。その葬式に数子さんが来たかって？　さあ、聞いていないけど、来てなかったと思いますよ。

私は婚約してましたから、一応出席しました。誰が来てたとか来てないとか、詳しくはわかりませんけど、数子さんは娘だから親族席にいますよね。親族席にそんな人はいなかったように思います。主人が帰って来たら、聞いてみてください。

舅が亡くなったのは、五年前ですかね。肺ガンで亡くなりました。ガンが見つかった時は、もう手遅れって言われたんですよ。タバコなんか全然吸わないのに、何で肺ガンなんだって。ほんとに理不尽ですよね。だけど、病気ってのが、そもそも理不尽ですものね。

大学病院の方で、あのキイトルーダとかいう新しい薬を試しました。最初の方は薬が効いて、すっかりガンの影が消えたって言われて、みんな喜んでたんですよ。主人なんか、よかったなあ、なんて泣いちゃってね。

でも、ガンてのは本当に憎たらしいですよ。消えたふりをしていただけなんですね。また頃合いを見て出てくるんです。最後は、ぼこぼことお腹とかにガンの塊《かたまり》が出てきてね。まるで生きものみたいで、ほんと憎たらしいと思いましたっけ。舅の葬儀にも、数子さんはいらしてないですよ。実の弟なのにね。

ガソリンスタンドの方は、良くも悪くもなってないですね。ここ城山では、ずっと一定の売上ですかね。はい、確かに役場が頑張って若い人は増えたみたいだけど、売上は全然よくならんですよ。

昔と違って、今の若い人は社交的だけど、車は持たないですからね。こんな田舎なんだから、車がなけりゃ不便だろうに、みんなバスに乗ったり、自転車漕《こ》いだりで車に乗らない。だから、商売にはあまり関係ないですね。それに、若い人が増えても、景気はイマイチなんじゃないかしら。だって、誰もがインターネットで買って、宅配ですから、町に金は落としてない気がします。

余計な話ばかりしてすみません。まだ帰ってこないですね。どこかに寄り道しているのかもしれません。ちょっと電話してみましょうか？　それには及ばない？　いや、遠慮しなくていいですよ。

仲間のところに寄って、魚さばくのを手伝ったりしてるのかもしれません。いえ、主人は全然飲めないんです。下戸《げこ》。だから、よく運転手やらされてますよ。今日も送らされているのかもしれないね。皆さん、飲むの好きだから。

当時のことをよく知っている人ですか？　そうですね、今レジのところに立っている女の子がいるでしょう？　あ、女の子って言ったって、もう四十過ぎだけどね（笑）。澤《さわ》さんていうんです。澤さんのお母さんが山根小学校出身だって言ってたから、聞いてみたらどうかしら。確か、数子さんと同じくらいの歳だと思いますよ。学年が違ったって、人数が少ないから、何かしら知ってるんじゃないかしら。

あ、帰って来ました。今、軽トラ入ってきたの見えたから。迎えに行ってきます。

どうも、お待たせしたようですみません。えっ、釣果《ちょうか》ですか？　いや、ヤマメが四匹釣れたんですけど、全部仲間にやりました。そこは食い物屋やってるんで。早速、夜出すっていうから。うちに持って帰っても、またか、と嫌な顔されるだけです。女房は肉の方が好きなんですよ。

それで今、女房からご用件を聞きましたけど、私、本当に何も知らんのですよ。申し訳ないけど、お話しできることはほとんどないですね。

数子は確かに私の伯母ですが、あまり行き来がなくて、私が子供の頃には会うこともありましたが、正月とか法事とか親戚が集まる時くらいでしたね。伯母が活動していた頃も、私はまだ生まれるか生まれないかの頃ですから、何も知らないです。

普段、行き来がなかったのは、私の母と伯母の折り合いが悪かったというのもあると思います。父にとっては実の姉ですから、仲が悪いということはありませんでしたが、母が折り合いが悪かったと聞いてます。そのせいか、積極的な付き合いはなかったね。その理由はちょっとわかりませんね。ま、母はごく当たり前の考え方の人で、ばりばり専業主婦でしたから、そこらへんが合わなかったのかもしれないですね。

年賀状のやり取りくらいの付き合いかって？　いや、それも伯母が東京に行ってからは、全然なかったみたいですよ。

父と伯母は両親ではなく、事情があって祖父母に育てられたと聞いています。父の祖母、つまり私の曽祖母ですが。曽祖母は万事に厳しくて、きちんとした人だったようです。子供の躾《しつけ》とかも、うるさいほどだったと聞きました。ええ、数子の勉強も毎晩見ていた、と聞いたことがあります。いわゆる教育ママっていうんですかね。数子が京大に入った時に、近所に響き渡る声で万歳三唱したと聞きました。

曽祖父も校長をしていたような人ですから、二人とも教育熱心だったんじゃないですかね。

私の父が放任主義だったのは、その反動じゃないかと思います。私も妹も、勉強そっちのけで遊んでいました。母親もガソリンスタンドの事務を手伝いながら、趣味でお花習ったりしてたから忙しくてね。全然私たちを構うなんてことはなかったです。むしろ、私たちが家事を手伝っていたくらいですから。それで何も言われないのをいいことに、家事をやらない時は勉強なんかせずに遊んでばかりいました。

はい、妹が一人います。私がスタンドの仕事を継いだんで、妹は今、市内にいて、母と一緒に暮らしています。あ、そのことはもうお聞きになりましたか。

伯母のことは、高校生になった頃に知りましたが、もうすでに伯母はいろんな活動から引退してましたから、こっちもまったく関心がないっていうか、どうでもよかったですね。ていうか、後で聞けば聞くほど、恥ずかしかったです。だから、なるべく知らんふりをしていたような状態です。学校では、あの塙玲衣子の親戚だなんて、一切誰にも話しませんでした。必死に隠していた状態ですね。

でも、同じ城山から通ってくる友達もいるので、どこからか噂が流れて、あれは信司の伯母だって言われたらどうしよう、なんて心配してました。でも、その頃はもう「ピ解同」のことなんか、誰も言わなくなっていたのでありがたかったです。

伯母がやってることの正しさですか？　そら、この時代になれば、ごもっともと思わなくもないですけど、知った当時は何を言ってるのかわからなかったし、とにかく恥ずかしかったです。

ピルなんて何のことだか言葉も知らないのに、中絶とか何とか、やたらと刺激的でしょう。穴があったら入りたい、と親戚はみんな思ってたんじゃないですかね。

父ですか？　さあ、どうしたんでしょうかね。迷惑したんじゃないかと思いますよ。生きているうちに聞いてみればよかったです。

伯母のその後の消息ですか？　いやあ、すみませんけど、一切知らないですね。こっちにも帰ってなかったと思うし、親戚は縁切り状態じゃないですかね。どこでどんな暮らしをしていて、何をしていたのかも知りません。

どんな亡くなり方をしたのかも知りません。孤独死ってことも、そちらに聞いて初めて知りました。いや、ほんとに、お話しすることは何もないですね。すみません。

3　塙玲衣子こと、石井数子の義妹「石井美代子《みよこ》」の話

息子に聞いて、こちらにいらしたんですか。それはどうもご苦労様です。私はリウマチなんですよ。ほら、指がこんなに変形してるでしょう。痛いんですよ。城山にいると、病院に行くのに一日仕事になっちゃう。でも、娘のところなら、タクシーでワンメーターですから、通うのが本当に楽でね。

息子には、俺か千穂が病院に送ってやるから大丈夫って、引き留められたんですけど、千穂さんも小学生の子が二人もいて忙しいから気を遣っちゃうしね。

五年前に主人が亡くなった時は、本当に落ち込みました。突然の余命宣告でしたから、青天《せいてん》の霹靂《へきれき》と言うんですかね。びっくりする間もなく、すぐに闘病生活ですから主人も辛かったでしょうけど、私も辛かったです。一時は新薬を試したりしたんだけど、結局、甲斐なくてね。六十九歳でした。早いですよね。

早くスタンドの仕事を息子に譲って、二人で市内に移り住んで暮らそうなんて言ってた矢先なんです。もう残念で残念で。ええ、こっちに来ようと言ってたのは、私の病気のこ

とがあったからです。娘も住んでいるから、心強いしね。もともと、私の実家も市内ですし、何か安心するんです。

娘はこっちで市役所に勤めています。結婚してないから、二人で暮らすとちょうどいいんですよ。痛みがない時は、私が買い物に行って食事を作ってね。娘を助けられるし私も助かるから、一石二鳥ですよ。私がいない方が、息子夫婦もうまくいくってものでしょう。リウマチってのは、治らないんです。進行を抑えるだけ。もう関節が痛くてしょうがないから、ステロイド飲むんです。ほら、私の顔、ムーンフェイスでしょう。これだけは嫌だけど、飲まないわけにいかないんですよ。幸い、娘には遺伝しなかったみたいで、ほっとしてます。

ところで、数子さんの話を聞きたいそうですね。塙玲衣子さんて言った方がいいですかね。もう、びっくりですよね。結婚した相手の姉さんがあんな人だなんてね。あんな人って、別に悪口じゃないですよ。すごい人だけど、とんでもないことばかりやってくれたじゃないですか。だから、私にはやっぱり「あんな人」なんですよ。いえ、気に入らないわけじゃないの。だって、私は弟の妻ですから、そんなこと言えた義理じゃないんですよ。

いえね、亡くなった主人は、田舎のガソリンスタンドの親父でしたけど、こっちでは、県で一番の城南高校出て国立大に行ってるんですよ。そら、お姉さんは京大ですけど、主人だって優秀だったんですよ。

知り合ったのは、勤め先です。私はデパートに勤めていたんですけど、夏休みに主人がバイトで来ていて出会いました。それから付き合いが始まって、結婚したのは、主人が二十五歳で、私が二十三歳の時でした。

それが奇しくも、お姉さんが「ピ解同」という運動を始めた時でした。そうですね、七二年です。主人とお姉さんは二歳違いですから。

塙玲衣子という人のことを私が話題にしたことがあったんです。というのも、塙玲衣子は城南高校から京大に行った、という情報を聞いたので、「塙玲衣子って、城南高校出身だって。あなた知ってる？」と聞いたんです。そして、こう付け加えてしまったんです。「あんなはしたないこと言う人が先輩だなんて、嫌じゃない？」と。

すると、「あれは俺の姉さんだよ」と言うじゃありませんか。あんなに驚いたことはありません。私は信じられなくて、「嘘じゃなくて？」と何度も聞き返しました。私をびっくりさせようとして言ったのかと思ったんです。

でも、主人は困ったように頭を掻きながら、「ほんとなんだよ」と言いました。あの時の顔は忘れられません。「ごめんなさい」と私が謝ると、主人が手を振って言いました。「いいんだ。姉さんは、正しいと思えば突っ走って、誰にも止められない。昔からそうだもの」

しかも、塙玲衣子さんは、その時すでに学生結婚してたんですよ。城南の先輩の土田さんとね。塙さんは京大で、土田さんはうちの主人と同じく地元の国立大の医学部でした。だから、塙さんは薬剤師さんで、ご主人はお医者さんなんです。結婚して、そのまま開業してたら、いいコンビだったでしょうにね。

塙玲衣子という名前は、もちろんご存じでしょうけど、ご主人の土田高之《たかゆき》さんの二文字を取って、土田さんが付けてあげたと聞きました。「土」と「高」で「塙」。だから、塙さんは、旧姓「石井数子」、結婚後は「土田数子」、そしてペンネームは「塙玲衣子」なんですよね。ペンネームというか、芸名に近いですよね。

ええ、私は塙玲衣子さんの意見というか、言っていることには、どちらかというと反対というか、ついていけない感じでしたね。中絶禁止法反対とか、ピル解禁だなんて、そんなことを口にすること自体がはしたない、と思いました。

そもそもピルなんか飲む人は、誰でもいいから付き合うみたいなイメージがあるじゃないですか。私はそういうイメージを抱かせるだけでもよくないと思ってました。

そりゃもちろん、望まない妊娠はよくないですよ。しかし、そもそも、妊娠を望まない相手との行為自体がおかしいのではないか、と思ってたんです。古いかもしれないけど、私はそういう教育を受けて育ってきましたし、女の人はそうやって身を慎んでこそ、身を守れるのだと思ってました。

しかも、塙玲衣子さんはインテリですから、それを学術論文とかで主張するのなら格好もいいと思うのですが、あんなピンクのヘルメットを被った集団で、男の人のところに現れて、垂れ幕を掲げたりして暴れるんですから。そんな人と親戚になるのかと、私はいたたまれなかったです。

結婚に反対されなかったか、というお尋ねですか。もちろん、両親は心配していました。でも、主人はしっかりしているし、堅実な人だ、と両親にとても気に入られていたんです。だから、お姉さんのことは不問ということになったようです。

塙玲衣子さんたちは、私たちの結婚式には土田さんご夫婦として参列してくれることになりました。あの塙玲衣子が来る、と私はもうどきどきして怖かったです。ええ、内心では怖れていたのだと思います。私のような保守的で結婚願望の強い女を、遅れた女だ、と非難するだろうと思い込んでいました。

結婚式は打ち掛けでして、お色直しは二回。最初はカラードレスで、二回目は和装と、華やかなお式にする予定でした。場所も、市内の一流ホテルです。私が結婚式はどうしてもそうしたい、と願ったからです。

そのことも実は、悪しき因習だ、お色直しは相手の家に染まるという意味だ、などと塙玲衣子さんに非難されるのではないか、と不安でした。でも、主人がそんなこと気にするな、と言ってくれたので、ちょっと安心したんですよ。

当日、控え室に、塙さんご夫妻が見えました。私はすでに打ち掛けを着ていたのですが、さらに緊張して震えてきました。塙玲衣子さんはベージュのパンタロンスーツ、ご主人の土田さんは黒いスーツというスタイルでした。塙玲衣子さんのことは、すでに週刊誌などで見ていましたから、初めて会うような気がしませんでした。写真で見るよりも背が高くて、綺麗な人でした。土田さんは眼鏡を掛けた柔らかな印象の人で、いかにも真面目なお医者さんという風貌でした。

「塙玲衣子です。こちらは夫の土田です」と、にこにこしながら挨拶されたので、ほっとしました。ただ、私が土田さんのことを「ご主人様にも来て頂いてありがとうございます」と礼を言ったら、咄嗟《とっさ》に、「私には主人はおりません」と言ったので驚きました。

私は額面通りに受け取って、結婚はされていなかったのかとおどおどしていると、土田さんが「僕はあの人の夫であって、主人ではないという意味です。彼女は、夫を主人と呼ぶのは奴隷《どれい》の根性である、といつも言ってるのです」と仰ったので、ああ、失敗したとうろたえてしまいました。

そんな具合に、塙玲衣子さんは、相手の言葉尻を捉えて逐一《ちくいち》訂正するようなマメなところがあるのです。マメというか、攻撃的というか。私は論争する人や、わざと尖ったことを言う人が苦手なので、まいったなと内心思いました。

それでも、私と会う前に、主人が塙さんに何か言ってくれたようなんです。「彼女は普通の人なので、お手柔らかに」とか何とか。そしたら、「普通って何？　あんたの基準は何?」と、食い下がられたと、後で語っていました。

一事が万事、こんな調子ですから、塙さんは周囲からは、すっかり煙たがられていたと思いますね。もちろん、運動をするからには、そのくらい徹底的な態度が必要なんでしょうけど、私は冷たい人だな、と思いました。

塙さんの活動はどんどんエスカレートしていって、夫も夫の両親も、私の親に謝っておられました。何て言ったか、ですか？　選挙に「女の党」で出るという時に、「数子が世間を騒がせて、まことに申し訳ありません。あの子は勘当同然ですので、どうぞお気にされませんように」と、お父様からわざわざ電話があったと聞きました。その頃から、実家とは疎遠《そえん》になったようですね。

その前に、イベントっていうんですか。講演会があった時も、石井家の人たちは誰も行ってないと思います。マスコミの人が家まで来ては、根掘り葉掘りいろんなことを聞くので、皆さん、うんざりされていたようです。

塙玲衣子さんとは距離が離れたので、私もほっとするところはありました。やはり、いちいち保守的だの古いだのと指摘されるのは疲れますし、傷つきます。私は私の価値観で生きているのであって、塙さんと合わなくても結構なんです。私はこれで幸せなんですから。でも、そう言っても、なかなか通じない。

塙さんには、いかにも勉強のできる人が上から目線で、下々の人を啓蒙しなくちゃ、という意識があったと思います。それが癇《かん》に障るんです。

つまらないことに囚《とら》われているのは、意識が遅れているからであって、まずは遅れているという認識から始まるのだ、無知は罪なんですよ、とか偉そうに説かれると、誰でもむっとするでしょう。本当に理屈っぽい、冷たい人でした。私は主人のお姉さんだから、関係があるのであって、そうじゃなければ、友達になんかなれない人だと思ってました。

でも、塙玲衣子さんは、相手がそう思っていることもわからなかったのではないでしょうか。何か心の芯のところで、相手を思いやれない感じがしました。私が嫌っている、いいえ苦手なのを知って、主人も塙さんとの付き合いをほどほどにしてくれるようになったのは、ありがたかったです。

土田さんですか？　仲がよさそうに見えました。二人して、難しい話を口論するように話していることもありましたが、概《おおむ》ね、二人でいる時は楽しそうに見えました。土田さんも、塙さんの口調や論調には疲れることもあったんじゃないでしょうかね。塙さんの活動拠点が東京になってからは、ほとんど会わなくなったみたいで、やがて離婚してしまいました。私は無理もないと思っていました。

参院選で惨敗してからは、選挙にかかった費用を土田さんに返すとか何とか、聞こえてはきましたけど、それも週刊誌によって知らされるような話で、本人からは何も聞いていません。お金の件では、主人にもちょっと借金させてほしいという話は来たようですね。

でも、金がないと言って断ったそうです。

その後の塙さんですか？　さあ、どうでしょうか。主人も知らなかったと思いますよ。だから、私も知りません。土田さんならご存じかと思いますが。でも、離婚されたのなら、もう赤の他人ですよね。塙さんはどなたかとご一緒だったとも聞きましたけど、ご存じないですか？

そうですか、孤独死なんて説もあるんですね。だったら、そのご一緒に住まわれていた方もいなかったということですね。それは、お気の毒なことです。主人は五年前に亡くなっていますから、多分、塙さんも主人の死はご存じなく亡くなられたのでしょうか。

お墓のことは聞いていません。主人が生きていて、塙さんが亡くなられたことを知ったなら、こちらのお墓に入ってもらうところでしょうけどね。どうされたんでしょうか。私は聞いておりません。

いくら気が合わないと言っても、人の死はこたえます。まして、そんな亡くなり方ではね。土田さんがどちらにお住まいか知りませんが、一度お目にかかったらいかがでしょう。あ、そうですよね。お約束はされているのですね。では、よろしくお伝えくださいませ。

4　塙玲衣子の元夫「土田高之」の話

やあ、いらっしゃい。とうとうお会いできましたね。僕が土田高之です。初めまして、ですけど、初めての感じがしないですね。お電話で何回くらい話しましたっけ？　三回か。そんなにですか。

だけど、電話でもさんざん喋りましたが、本当に彼女とは大昔に縁が切れてしまって、何も情報がないんですよ。わざわざこんな湘南《しょうなん》の外れまで来てくださったのに、ほんと申し訳ないです。

ええ、僕は塙玲衣子こと、石井数子と結婚していました。学生結婚ですから、若かりし頃の過《あやま》ちですけどね（笑）。今は二度目の奥さんがいて、息子が一人、娘が二人います。

息子の方は僕と同業ですよ。内科の医者になって、横浜の病院で勤務しています。それぞれ孫がいて、みんなこっちに住んでますから、正月とかに集まると賑やかで楽しいですよ。

確かに、数子とずっと結婚してたら、こういう団欒《だんらん》の楽しみはなかったかもしれません。

まあ、何だかんだ言って、僕も普通の男に過ぎなかった、ということです。つまり、自分のそばにいて主婦をやってくれて、子供を産み育てて家庭を守り、僕を助けてくれる女の人が必要だったということですよ。

塙玲衣子の夫としては、完全に失格でしょう。「ピ解同」の代表の夫が、他ならぬ専業主婦でいることを妻に強要したがっていた、なんてね。しかも、他の女を好きになったなんて、まさしく、「ピ解同」の攻撃対象です。いっそ、僕は凡夫で性差別的で浮気もする、倫理的にも最低な男だった、と反省すれば潔《いさぎよ》いのかもしれません。

数子と長く離れて暮らすうちに、別の女性を好きになったんです。よくある話です。それで、彼女には、好きな女が出来たから別れてくれないか、と率直に打ち明けました。もともと、あまり一緒には住んでいませんでしたし、あれこれと方針の違いも見えてきてましたから、彼女もすぐに承知してくれましたよ。

方針とは何か、ですか？　まあ、お互い権力と闘った時期もあるわけですから、今後、どんな風に生きていくかということです。ええ、僕もご多分に漏れず、学生時代は学生運動をしていました。もちろん、あれは時代の風で、当然のことでした。

塙玲衣子の「塙」は、僕が名付け親だって言いましたっけ？　ああ、ご存じ。他の方から聞いたんですか。何だ、有名な話になってるんだなあ。

彼女が何か「芸名」を考えてくれって言うから、「土田」の「土」と、「高之」の「高」

で、「塙はどうだ?」って提言したんです。ええ、確かペンネームじゃなくて、「芸名」ってことでしたよ。彼女のその後のマスコミでの活躍ぶりを見れば、「芸名」がぴったりでしょう。

塙玲衣子と名乗ってからは、活動一筋でしたね。彼女は、僕との生活を第一義に考えようとはしてくれませんでした。とはいえ、それは僕も同じで好きなことをしたかったから、何の問題もなかったです。

離婚に関しては、僕が浮気したんだから、有責であることは間違いありません。悪者には違いないけど、そこはお互い様のところもあったように思います。お互い様というのは、互いに好き勝手なことをしていたという意味です。

数子に誰か付き合っていた人がいたか、ということですか? さあ、わかりませんね。彼女はもてましたから、いたんじゃないでしょうか。いても不思議ではないです。でも、僕は彼女がどこで何をしていたかなんて知りませんでしたし、その後の消息もまったく知りません。本当ですよ。

さっき若かりし頃の過ちと言いましたが、やはり学生結婚というのは理想に燃えてますから、現実に押し潰されて修正せざるを得ないところはたくさんありました。

現実とは、食べてゆくための世間との迎合と言いますか、そんなことかな。彼女に関して言えば、彼女は僕の奥さんだから、一応、僕の稼ぎで食べていけるわけですよね。そこは彼女にとっても、苦しいところだったんじゃないかと思いますね。

何せ、女性解放運動家ですから、女性の自立を謳っている。だけど、実際は僕の稼ぎで食べている。翻訳の仕事もしていましたが、自立できるほどじゃない。それが彼女にとっての、現実における敗北感だったような気もします。

そして、僕にとっても、やりたくない勤務医なんかをやってて、理想がどんどん磨《す》り減るわけですから、敗北感はあったんです。それが、学生結婚した僕らにとっての現実だったんです。

ご存じかと思いますが、離婚したのは、数子が「女の党」を作って、参院選に出て完敗してから数年経った後でした。選挙に負けたら、一切活動をやめて専業主婦になる、という約束で、金を工面したということもあります。その約束は僕の発想か、というご質問ですか？　そこはノーコメントですね。言えない理由はいろいろありますが、僕としては言いたくない。それでご勘弁願います。

選挙資金ですか。ほとんど全額を負担しました。当時の千七百万ですから、相当な大金ですよね。僕が船医や南極などで貯めた金と、親から借りて工面しました。

製薬会社から金をもらっているという噂も、確かにありましたね。僕はよく知りませんが、もしそうだとしたら、それは裏金とか後ろめたい金じゃなくて、正当な報酬だったんじゃないですか？　ピルの開発とか何かに携《たずさ》わっていたとか、そういう事実ではないかと。

たとえばそれが製薬会社に不利なことを言うな的な、口止め料なら問題でしょうけど、僕は知らないです。彼女がそんな金をもらって、わざと選挙で負けたということなら、それは犯罪ですが、まったくそんなことはなかったと思います。いや、別にかばっているわけではなくて、数子はそんな人ではない、ということです。

選挙に負けたら主婦になって夫に尽くす、という約束が、塙玲衣子にとって屈辱的じゃないかということですか？　確かにそうでしょうね。でも、彼女たちの路線もどんどん脱線していったからね。

宗教団体とか作っちゃって、ふざけるにもほどがあると言われたようだけど、あれはパロディですよ。選挙戦で、白地に金モールのミリタリールックとかで闘うとかも、強烈なパロディ。

彼女なりのパロディなんです。パロディにパロディを重ねて、その行く末にどんな顚末《てんまつ》が待っているのか。彼女自身も面白がっている部分があったと思います。彼女はそういう自虐的なところがあった。どこかで区切りをつけないと、と本人も醒《さ》めていたんじゃないのかな。

自虐的という言葉が引っかかりますか？　だけど、そう思いませんか？　あの活動の派手さや滑稽さは、自虐そのものですよ。ピエロを演じて、マスコミにサービスしながら、どこかに醒めた彼女がいるんです。

自分はエリートだから、そういうピエロも演じなければ、世間は受け入れてくれないという、エリート意識の逆張りって言うんですかね。そういう複雑なところがあったように思います。いわゆる大衆路線に徹する、というかね。そのエリート意識の裏返しは、なかなか理解されないところでしょうね。

いや、僕らの間で、そんな話は一切しませんでした。今のは僕の感想ですよ。あなたから連絡があって、それで久しぶりに彼女のことを考えてみた結果です。今の感想の方が、当時の思いよりもフェアな感じがします。それだけ、僕も歳を取ったってことだね。

そうですね。当時は僕らの間で、あまりコミュニケーションはなかったね。何せ、夫婦なのに、滅多に会わないからですよ。僕は船医になったり、南極の越冬隊のドクターになったり、世界じゅうをあちこち流離《さすら》っていましたからね。

何度も言いますが、離婚が成立してからは、彼女がどこでどうやって暮らしているかなんて、まったく知らなかったです。知ろうとも思わなかったしね。亡くなったことも、あなたに聞いて知りました。

そりゃ、亡くなった状況を聞けば、若干ショックではあります。どんな相手でも結婚していたんだから、幸せに暮らしていてほしいです。でも、一人でいたのなら、孤独死は仕方のないことですよ。僕は死亡診断書を書く医者ですから、どんな死でも受け止めなければならない。人は誰しも死から逃れることはできないんです。

彼女の暮らしぶりに思いを馳せるかって？　さあねえ。だけど、彼女は薬剤師の免許も持っているし、医療関係の翻訳なんかもやっていたから、無難に食べられていたと思いますよ。もっとも、彼女の専門はロシア語でしたから、需要がたくさんあったかはわからないけど、あまりロシア語に堪能な科学者もいないだろうから、そこそこ仕事もあったんじゃないかな。

今の奥さんは、塙玲衣子のことはもちろん知ってます。あまり詳しく訊いてはこないけど、付き合い始めの頃に一度話したことがありました。僕の奥さんはこういうことをしている人だって。「へえ、そうなんだ」って感じで、びっくりはしませんでしたね。僕が変わってるからかな。

ああ、僕のところが立派なクリニックなので、びっくりされましたか？　それはどうも恐れ入ります（笑）。ビルが新しいだけで、ほら、中は狭いですよ。

うちは看板がちょっと変わってますでしょう。「海外医療相談」なんて見かけない売りですよね。あと、「労働衛生コンサルタント」という肩書きもあります。で、「英語対応、ポルトガル語も可」ですからね。

英語はもちろんできますよ。ご存じのように、あちこち行ってましたからね。ポルトガル語を習得したのは、ブラジルのリオデジャネイロにいたからです。あそこの総領事館のドクターをやってたこともあるんです。だから、そこで否応なしに覚えました。

ポルトガル語ができると、重宝されますよ。だって、日系ブラジル人の方も日本でたくさん働いていますからね。そういう人たちに対応できる医者って、あまりいないんです。しかも労働衛生も手がけてますから、ブラジルの人が働いている工場なんかから、よく相談を受けますよ。というわけで、僕は相当な変わり種の医者かもしれません。

これまで千葉や埼玉の病院にいたのに、どうして湘南に開業したかって？　要するに、この土地が好きなんですね。僕は海が大好きなんです。

子供の頃から海を見ると、ああ、この海を渡って遠くに行きたい、船に乗りたいって、憧れていました。どうしてか、ここではないどこかに行きたくなって、血が騒ぐんです。

だから、船員になりたかったのに、目が悪いのと、親の大反対でなれなかった。それで、仕方なく地元の大学を出て、医者になったんです。

どうして親に反対されたかというと、僕が跡取り息子だからです。跡取りが船員なんかになって海で死んだらたまらん、というわけです。家業ですか？　町医者です（笑）。

親父はちっちゃな医院をやってました。風邪引きとか食い過ぎとかで来るような患者さんを毎日診てね。それで跡を継げ、と言われていたんですが、僕が逃げ腰なので、結局、姉貴が婿さんを取って跡を継いでくれました。義理の兄は十年以上前に亡くなりましたので、医院は廃業しましたが、僕はとても感謝しています。おかげで自由にできたってね。

そうそう。ある日、気が付いたんです。だったら、医者として船に乗ればいいってね。そんなわけで船医もやってましたよ。後ろの壁に飾ってある写真がそうです。ほら、背後に丸い窓が写っているでしょう。あれは船窓ですよ。

船医のことはご存じなかったですか？　そうなんですよ。僕の経歴をざっと言いますとね。大学を出てから二年間、千葉の方の病院で泌尿器科医をしていました。そしたら、たまたま九十九里の方に行く用事がありましてね。太平洋を見ていたら、急に船に乗りたくなったんです。仕事にも慣れてきて、何かが溜まっていたんでしょうね。

もともとが船員希望ですから、そうだ、今やるしかないと思って、ぱぱっと辞表を出してしまったんです。そう、まず辞表提出でした（笑）。

それから、水産会社に電話しました。南氷洋《なんぴょう》の捕鯨船団のドクターの口はないかと。すると、捕鯨船が出るのは秋だけど、今なら、ベーリング海の底引き船の口があるって。しかも、ドクターがいなくて出航できずに困っている、是非《ぜひ》お願いしたいと言われて、乗ることになりました。

渡りに船とは、文字通り、このことですよ（笑）。だけど、何の経験もないのにいきなり船医ですから、僕も向こう見ずでした。それを行動力って言うんですか。なるほど。ものは言いようですね。

あれは、昭和四十六年ですから、西暦で言うと、一九七一年になりますか。そうです。

数子が「ピ解同」の活動を始めるのが七二年ですから、その前年になりますかね。

その頃は、二人で文京区のマンションに住んでました。数子は僕が船医になることに、反対はしませんでした。干渉は互いにしなかったですから。むしろ、干渉したら怒る、という間柄です。

彼女の方は翻訳なんかをこつこつとやってましたね。何せ、勉強が好きな人なんです。女性解放運動を始めたのも、その頃だったですね。「ピ解同」の前です。「バージニアの会」って言ったかな。バージニア・ウルフから取った名前だと思いますが、そんな仲間がいて、うちによく女たちが集まっては、何やら相談ごとをしていました。

僕が帰ってくると、女たちがぎろりとこっちを睨む。「お帰りなさい」って、数子が言うけど、他の人たちはただ黙ってるんです。怖かったですよ（笑）。船医になったのは、そんな環境から逃げ出したくもあったのかな。いや、これは冗談ですが。


船医時代ですか。いやあ、面白かったです。最初に乗ったのは、ベーリング海に漁に行く豊栄丸船団です。母船が八千五百トン。船長以下の固有船員が百人くらいいて、大工や潜水夫や鉄工職人までいましたね。ちょっとした職人集団でした。

その母船に付属する漁船が二十隻。船員六百人、あと水揚げした魚をすり身にしたり魚粉にしたり、加工する作業員が五百人いましたから、全部で千二百人の大船団でした。

医者は僕一人で、助手が二人。助手の一人は、第二次大戦の時の衛生兵ですよ。時代ですよね（笑）。医務室は母船にありましたから、その壁の写真は豊栄丸の医務室ですよ。珍しいでしょう。

十カ月もの間、千二百人がずっと航海して漁をしているんですから、いろんなことが起きました。作業員が機械に挟まれたり、船内で傷害事件が起きたりね。怖かったのは転覆事故です。海温マイナス二度のベーリング海に落ちたら、もう助かりません。行方不明者の捜索は一時間しかしませんでした。助からないから、やっても無駄なんです。もっとも、一番多く手術したのは、虫垂炎でしたね。三十人以上やったかな。

そんなこんなで、十カ月、船医をやったら、もうやめられなくなってしまいました。大好きな海にいるし、病院という組織にも縛られない。ともかく自由。僕は、普通ではないところで医者という仕事をやりたいんだと気が付いたんです。それで、本格的に労災の勉強も始めました。

その後、捕鯨母船も乗りましたし、南極越冬隊のドクターもやりました。リオデジャネイロと、ナイジェリアの総領事館でも働きましたし、本当に得難《えがた》い経験をさせてもらいましたよ。

捕鯨母船の船医をやっている時でしたか、大量吐血の患者をキャッチャーボートに乗せて、南氷洋の暴風圏を越えたこともありました。船が激しく揺れて沈み込む時に、点滴の落下が止まって、浮く時にどーっと入るんです。その患者さんは結局亡くなりましたが、そんな経験をしていると肝が据わりますよ。だから、南極で一緒だった連中とは、まだ時々会って、飲んでます。

数子が「ピ解同」で活動していたのは、まさに僕が日本を出たり入ったりしている時でしたね。それは僕にとっても好都合でした。だって、妻があんな活動をしていたら、当然、夫である僕のところにも取材陣が押しかけてくるかもしれないわけです。

だけど、夫は船に乗っていて、日本にいないんですから掴まえようがない。それどころか、南米やアフリカ、さらに南極越冬隊ですよ（笑）。いないように意図したのかって？

いいえ、まさか。偶然です。

数子と知り合ったのは、地元の城南高校時代です。僕は生物部の部長でした。一年後輩の彼女が入部してきたんです。高校生の頃の彼女は、くそ真面目で一途《いちず》で、可愛かったですね。融通が利かないところもなくはなかったけど、考え方は公正で、ともかく何ごとにも熱心な優等生でした。

高校生の孫に聞いたら、生物部って今は猫を飼ったりウサギを飼って観察したりとか言うんで、びっくりしましたよ。それじゃ小学生です。僕らの生物部はもっといろんなことをやってました。数子はシダ植物の胞子の研究をしていたように記憶しています。僕は魚の骨格標本なんかを作っていましたね。

付き合い始めて二年後に、僕は一浪して地元の国立大の医学部に入りました。そして、彼女は現役で京大の薬学部に入った。僕らは地元と京都を行ったり来たりして、ずっと付き合っていましたが、そのうち面倒だから、結婚しちゃおうかという話になったんです。若いし、好きだから、独占欲もあったと思いますし、僕は親への反抗心もあった。

前にも言いましたが、その頃の僕は、親父の跡を継げと言われて嫌でしょうがなかったんです。人生の幅が狭められたみたいで、反抗したくて仕方がなかった。

だから学生結婚もしたし、大学を出てから、さっさと千葉の方の病院に行ってしまったんです。父親には修行してくるから、と嘘を吐いてね。

彼女は、僕の冒険家的な資質がわかっていたようです。突然、千葉の病院に行くぞって言ったら、一も二もなく承知してくれました。でも、ちゃんと一緒に暮らしたのは、千葉で泌尿器科医をやっていた時代だけかな。

いや、普通の奥さん的なこともしてくれてましたよ。要するに飯を作って、掃除洗濯をするというようなね。でも、収まらない怒りとか不満とかが、心の中にマグマのようにぐらぐらしてたんでしょう。それは、僕の冒険家熱と近いものかもしれません。お互い、若かったね。

ああ、懐かしい名前だな。石井美代子さん。数子の弟の浩志《ひろし》さんの奥さんですね。ええ、結婚式に行ったことは覚えてますよ。あれはたまたま、僕が帰国していた時だったんで、二人揃って出席できたんです。

美代子さんが僕のことを「ご主人様」と言ったら、数子が怒ったんですか？　そんなこともあったかもしれません。あの頃の数子はぴりぴりしていたからね。

なぜかって？　さあ、「ピ解同」の運動をどうやって展開するかとか、試行錯誤してたんじゃないですか？　なのに、弟さんのお嫁さんが素朴だから、むっとしたのかもしれないですね。そんなことでいちいち突っかかる人じゃなかったんだけど、何かあったのかもしれないですね。僕は覚えてないなあ。

浩志さんも亡くなられたんですか？　それは知らなかった。浩志さんは、穏やかでいい人でしたよ。そうか、ガソリンスタンドを経営されていたんですね。弟さんも僕と同じ大学出て、優秀な人だったけどね。お姉さんのことで苦労したんだろうな。

苦労というのは、やはり取材攻勢ですよ。塙玲衣子があちこち押しかけては、派手に幟を立てたり何だりして騒いでいたからね（笑）。僕は、ほら海外だから摑まらないけど、郷里のご両親や弟さんたちは逃げられないからね。気の毒でした。

確かにその意味で、数子は親戚にはとても迷惑な存在でしたでしょうね。取材攻勢だけじゃなくて、やはり、攻撃された夫側からの嫌がらせだって、あって然《しか》るべきじゃないですか。

それが塙玲衣子に向かうだけではなくて、その周辺にいくってことも考えられるわけですよね。それを受けたこともあるんじゃないのかな。美代子さん、何か言ってませんでしたか？　ない？　じゃ、よかった。何もなかったんだ。

僕の方の親族と数子の折り合いですか？　特に問題はなかったように記憶しています。学生結婚したいと言った時、父親は慌ててましたし、母親は嫌な顔をしていました。でも、相手が数子で、京都大出てると聞いたら、何も言えませんでしたね。何せ、嫁が学士様ですから。

両親も、数子が嫁だという認識はなかったんじゃないですかね。結婚の挨拶の時に、数子は「私たちは完全に独立した夫婦ですから、お互いの自由を尊重し合ってます」なんて言って、母親を驚かせていましたっけ。

何せ、数子は正義感が強くて、何かあればひと言言わないと気が済まない性格ですから、いろいろと波風は立ちますよね。その後も生きづらかったんじゃないかと思います。

ほう、九二年に、マンションの立ち退きを巡って家主に訴えられたんですか？　それは初耳です。家主が不動産業者にマンションを売却したのに、立ち退きを拒否したと。裁判沙汰になったんですね。

それで、「楽しく地上げと闘う会」を結成したんですか。その会のネーミングは、いかにも塙玲衣子スタイルですね。彼女の得意な大衆化路線でしょう。だけど、もうそのパロディも通用しなくなっているのに気が付いていない。どうせ、裁判じゃ負けたんでしょう？　何か痛々しいなあ。

その後、司法試験を受験すると言ってたけれども、その形跡はないんですね。どうしていたんだろうか。

石井数子をどうして好きになったのかって？　すごい質問ですね。何ででしょうね。もう忘れちゃったな（笑）。好きだったのは間違いないですけど、何が好きだったのか。彼女の賢さや情熱ですかね。自虐的と言ったけど、実はシャイな人でもありました。照れながら、そんな自分が嫌いというか、どう扱っていいかわからないような、複雑な人だった。ちなみに、あっちは僕の何が気に入ってくれたんでしょう。数子が生きていたら、聞いてみたかったですね。いや、もういいか（笑）。

5 「ピ解同」の被害者家族「大西幸秀《おおにしゆきひで》」の話

何だ、お客さんかと思ったら、違うんですね。ああ、あの電話の人ですか？　はいはい。どうせお客さんもまだ来ないし、別にいいですよ。カウンターでもソファでも、どうぞ、お好きなところに座ってください。じっくり話しましょうよ。

ソファは遠いから、話しにくいですか？　でもまあ、そのくらいの距離感がいいんじゃないんですか。こっちは、したくもない昔の話をするんだからさ。カウンターでぐいぐい聞かれたら、話しにくいですよ。

そら、したくないですよ。若い頃の思い出なんて、いいこと、ひとつもないもの。挫折《ざせつ》したり、失望したり、裏切られたり、馬鹿やったり。ほんと、ろくなことないよ。あなたはそんなことに縁がなさそうな顔してるね。つるりとしてる。羨《うらや》ましいですよ、ほんとに。いや、厭味《いやみ》で言ってるんじゃないですよ、これ。もう一度、最初っからやり直したいよ、俺は。

何か飲みますか？　え、何言ってるの、ホットコーヒーなんかないよ（笑）。うちはバーなんだからさ、一応。はい、じゃ、ビールね。ハートランドでいいですか？　うち、それしか置いてないの。あとは生。え、ハートランド知らないの？　瓶ビールも飲んだことない？　へえ、今の若い人って常識ないんだね。それでやっていけるんだから、驚いちゃうよ。

俺のことは、誰から聞いたんですか？　えっ、「大西孝江《たかえ》」って、俺の姉貴じゃない。驚いたなあ。懐かしい名前だ。あの人、元気なんですか？

へええ、そうですか。大腸ガンで入院してるんだ。そうか、元気ならおおいに悪口言っちゃうけど、ガンで闘病中なら、可哀相だから何も言わないでおくよ。

つまり、あれですか。姉貴はこのことについて喋りたいけど、病気が重くて喋れないから、弟の俺に振ったということかな。へえ、そうじゃなくて、俺がオヤジに同情的だったからってか？

姉ちゃん、急にフェアになったね。なるほど。そら、男同士だもん、当たり前でしょう。俺がオヤジの味方してやらなかったら、誰がするの。姉貴の口からは、オヤジに対する呪詛《じゅそ》しか出ないだろうからね。

そうか。姉貴、そんなに悪いの？　じゃ、もうじき逝《い》っちゃうね。そろそろ七十だもんな、別に不思議はないか。いやいや、俺が六十六になったんだから、姉貴はもう七十二か。そうか、そんな歳か。

でもまあ、突然そんな末期ガンなんて聞くと、いくら縁がなくなっても何だかなあ、と思っちゃうね。嫌な相手がいなくなるとせいせいするかって言うと、それはそれで寂しいもんだろうな。

いや、ほんとに何も知らなかったよ。俺のところになんか、誰も知らせてくれないもの。てか、俺は親類縁者、みんな縁切ってるからね。俺、不肖の息子だから。もっともオヤジも不肖のオヤジだから、そっくりってことかな。遺伝遺伝。

うん、別に絶交なんかしてるわけじゃないけど、疎遠っていうのかな。連絡も取ってないし、何十年も会ってないですよ。会わないでどのくらい経ってるかな。姉貴に最後に会ったのは、いつだろ。

ああ、十年くらい前に一回会ってるな。震災の翌年だったね。銀座《ぎんざ》三越《みつこし》の地下で、ばったり会ったことがあるんだよね。その時以来かな。

ちょうど、この店を開いた頃でね。三越の地下で買い物してたんですよ。ほら、ブティックみたいなところで、並んで買うような高いチョコレートがあるじゃない。お洒落な感じの。そうそう、ジャン・ポール・エヴァン。さすが、そういうことはよく知ってるね。

俺、その頃、付き合いたいと思っていた女の子がいたもんだから、ちょっと見栄を張ってプレゼントしようかな、なんて考えてたの。いい歳して馬鹿だよね。

だけど、買おうかどうしようか迷っちゃってね。だって、こんな小さな箱が四千円っていうじゃない。こちとら貧乏性だから、悩んじゃった。他のものにしようかな、と考えていたら、いきなり肩をぽんと叩かれた。「幸秀、幸秀じゃない？」って、びっくりしたよ。だって、目の前に立ってるのは、こんなに太ったおばさんなんだよ。見知らぬおばさん。でも、顔に見覚えがあって懐かしいわけ。あれ、誰だっけ。親戚にこんなおばさんがいたような気がするな、ってなこと思ってたら、今度は真顔で言われた。

「私よ、孝江よ」

「姉ちゃんか」

驚いて言ったら、苦笑された。

「あんた、びっくりし過ぎよ」

それくらい変わってたからね。ほんとにびっくりした。母や姉貴とは縁を切ったような感じで会わなくなって、ウン十年経ってたからね。

それから、ちょっと立ち話をした。母親は今ケアハウスに入っていて寝たきりになったとか、親戚の誰それが亡くなったとか、墓をどうするとか。そんな話をうだうだ聞かされたな。聞きたくなかったけどね。俺、よほどうんざりした顔をしてたんだろうね。姉貴が呆れたみたいに言った。

「あんたって、ほんと冷たいわね。全部、私にやらせて無責任じゃない？　お母さんが亡くなったら、遺産だって分けなきゃならないんだよ」

遺産なんかないのに笑わせるな、と思ったよ。だから、こう言ったの。

「俺はもう関係ないから、好きにしなよ。相続放棄するよ」

「ほんとね？」って、念を押された。「どうせ、ケアハウスに入れる時にほとんど遣っちゃったから、あまり残ってないけどさ」

「いいよ、姉ちゃんに任せる」

「じゃ、後で書類送るから」

そしたら、本気にしやがって、オフクロの死後にほんとに送ってきたよ。俺、住所変わらないからさ。だけど、戸籍謄本《こせきとうほん》だの住民票だのが要《い》るって書いてあって、手続きが面倒くさくてね。俺は申述書とかいうのだけ書いて送ってやった。それが最後かな。

だから今、姉貴が俺を推薦したって聞いて驚いたよ。最後の和解だろうな。姉貴が死んでゆくのなら、俺が大西家の最後の末裔《まつえい》ってことだよね。お互い独身だから、大西家もこうやって終わるわけだ。見舞い？　行かないよ。俺の最期だって誰も看取らないんだから、お互い様だろう。

人生は予想外だったな。子供の頃って、漠然と考えてるじゃない。姉貴も俺も大人になったら、当然のように勤め人になって、結婚して子供ができて、穏やかに暮らしてるんだろうなって。

ところが、現実はまったく違う。両親はさんざん揉めた挙げ句に離婚して、俺たち姉弟は好むと好まざるとに拘わらず、母親の元に引き取られて、俺はぐれて高校中退だもんね。姉貴も結局は母親に同情し過ぎて、身を誤った感じだね。母離れできなくなったんだ。そう、ずっと独身だよ。

しかしね、姉貴は俺のことを冷たい、たまには連絡くらいしなさいって怒ってたけど、何もわかってないなと思ったよ。俺は別に姉貴には何の恨みもないですよ。ただ、姉貴がオフクロの味方するから、疎遠になっただけです。

姉貴はやっぱ、父親の相手が、自分とそう歳の変わらない若い女だったんでショック受けたんだろうなって、今になって思うけど、その時はわからなかった。何でオヤジのことをわかってやらないんだって、俺は怒ってた。もっとも、その気持ちは今でもあるよ。オヤジが可哀相だったよ。

三越で会って一年も経たないうちに、オフクロが死んだって知らせが来たけど、俺、葬式にも行かなかったですよ。何でって、オフクロが徹底的に嫌いだったから縁切ったんだもの。

そうじゃないですか。「ピ解同」でしたっけ？　あんな塙玲衣子とかいう変な女を呼んで、オヤジの会社の前で、幕を垂らして騒いだんだから。天下のM物産の正面玄関前ですよ。俺、絶対に許せないですよ。オヤジにあんな恥を掻かせる必要なんてなかった。

あれでオヤジは社会的に死にましたよ。会社だって辞めざるを得なかったし、うちはメチャクチャになった。そら、そうですよ。男なら潔く辞表書くでしょう。家庭のごたごたを、自分の会社の正面玄関前で暴露されたんだから。しかもシュプレヒコールで何回も名前呼ばれたんだから。

あなた、その話で来たんでしょう？　俺にその話をさせたいんでしょう？

俺はね、姉貴と二人姉弟でね。今でも思うけど、何も知らない子供時代は幸せでしたよ。オヤジは天下のM物産に勤めていて、南米に二年間赴任もした。いや、俺たちは行かなかったです。俺はまだ小さかったし、政情不安なところだったから。

オヤジが帰国するとね、いろんなお土産を買ってきてくれて、嬉しかったな。俺には先住民の吹き矢セットでしたね。姉貴にはビーズの腕輪だったな。母親？　あれ、どうしたかな。何かもらったのかな。

家庭は裕福でしたよ。母親は専業主婦で、いつも手作り料理。まあ、あの頃は総菜なんかも売ってないから、手作りするしかないんだけどね。姉貴も俺もピアノとか習っててね。姉貴はバレエもやってましたよ。そう、典型的な昭和のサラリーマン家庭ね。

俺が小学校の高学年になる頃から、オヤジとオフクロの仲が悪くなってね。しょっちゅう喧嘩してた。オフクロが金切り声あげて怒鳴るんだ。その後、いろんなものを投げて壊す。俺、オフクロの声が嫌いで嫌いで堪《たま》らなかった。だから、喧嘩が始まると家を出て外をぶらぶら歩いてた。

ゲーセンとかもないし、小学生が塾なんかに行くような時代じゃないからさ、行き場所がなくて辛かったよ。友達の家に行ったり、そこも行きづらくなると本屋とかスーパーとか、そんなところをうろちょろしてた。

しかも、喧嘩は何年も続いて、しまいにはオヤジが家に帰ってこなくなっちゃったんだよね。当たり前だよ。あんなヒステリー女がいる家になんか帰りたくないだろう。寄りつくはずがないよ。俺だって家を出たくて仕方がなかったもの。

もちろん、オヤジが悪いんだよ。女を作ってね。それも同じ会社の女性社員、姉貴とそう歳が変わらないような若い女でさ。ぞっこん惚れ込んじゃって、オフクロなんか目じゃないのよ。てか、家庭なんかどうでもよくなった。そこはよくないよ。

でも、俺は男だから、オヤジの気持ちがよくわかるんだ。オフクロはもう、オヤジにとって女じゃないのよ。なのに、女になって若い女に張り合う気持ちでいるから、おかしくなる。嫉妬するような立場じゃないのに、ギャアギャア騒ぐんだもの。

だって、そうでしょう。オフクロはオフクロなんだから、でんと構えてりゃいいじゃない。浮気のひとつくらい許してやりゃいいじゃない。そのくらい鷹揚《おうよう》でないと、家庭は成り立たないよ。

オヤジを追い詰めて許そうとしないから、あっちの関係も抜き差しならなくなる。オヤジはますます女に傾倒するわけだ。そしたらオフクロが、女を殺して、私も死ぬだの何だのと叫んで、子供の前で修羅場だよ。死ぬの殺すのって、そんなことばかり怒鳴り合ってるんだ。地獄だろ？　俺ほんとに嫌だったよ。オヤジが女と別れないと意固地になったのだって、オフクロが狂ったせいで、オヤジたちはマジの恋に追い込まれたんだ。

だけど、オフクロはさ、M物産金属資源開発部課長の妻で、オヤジの子供である俺や姉貴の母親なんだから、立派なもんじゃない。女としては、上がりだろう？

何の文句があるんだ、と俺は思う。その意味では、上がりの時点で、オフクロはもう「女」じゃないんだよ、オヤジにとってはね。だって、上がりなんだから。オフクロという立派な立場なわけよ。何でそれがわからないんだろうと、俺は心の底から軽蔑したね。

この考えがわからない？　あんたも、男のことがまったくわかってないね。

戦国武将のことを考えてみてよ。正妻は正妻でしょう。北政所《きたのまんどころ》だよ。それが嫡子《ちゃくし》を産むわけでしょう。家を継いでゆく子供を産めるなんて、すごいことじゃない。自分の子供が正統な跡継ぎなんだから、でんと構えていればいいの。そこは男も弁《わきま》えているから、正妻にはそれなりの立場を保証している。側室にはそれがない。正妻の既得権益だよ。だけど、男はそれじゃ済まない。

問題は、若い女を求めていくのは、男の生理的なものだってことだよ。いや、俺は男の欲望を正当化してるわけじゃないの。ただ、生理が違うと言いたいだけ。

そりゃ、現代社会は男女同権だし、男も女も同じ人間だけど、やっぱ違う生き物なんだと思いますよ。あなたもそう感じることないですか？　なのに、無理やり男は牙《きば》を抜かれて、爪を剝《は》がされて、我慢して生きることを強制されている。だからね、俺たちは生ける屍《しかばね》なの。で、生ける屍にしたのは、女たちなのよ。

マッチョそのものと言われるかもしれないけど、そういう思いを持っている男は多いと思うよ。だから、今の風潮って言うんですか。ほら、#MeToo 運動とか聞くと、ぞっとするね。おまえらだって、男にちやほやされて喜んでいたくせに、何を今さらセクハラだって言うのって。ふざけんなって。

だから、俺は女は大好きだけど、同時に大嫌いなんだよね。本当に不思議なもんだと思う。大いなる矛盾だよ。俺が言いたいのは別に差別じゃない。女には女の本分というものがあるんだから、それを守れってこと。

本分って何かって？　それは女は女でしかないってことかな。別に馬鹿にしてるわけじゃない。てか、むしろ尊敬してるよ。女は綺麗だし可愛いし、子供も産める。料理もできて、裁縫もできる。そんなすごい生物いないよ。なのに、何で男の真似《まね》をするんだよ。女と男は体の構造も違うし、本分も違う。だからこそ、女は女に生まれてよかったと思って、女として生きればいいだけなんだ。何の文句があるんだって。

逆も言える。男は男の本分があるんだから、それを守るんだってこと。互いにそこから外れたら、それなりのリスク？　いや、パニッシュメントっていうのかな、それがあるんだと思う。

オヤジのパニッシュメント？　そう、あれはショックだったね。オフクロとオヤジの闘争だけなら、子供の俺が我慢すればいいだけだろ？　で、俺がオヤジの味方して、オフクロを嫌いになればいいだけなんだ。そして、姉貴がオフクロの味方して、家族が二分されるっていうの。それは悲劇だけど、それだけの話なんだ。

だけど、そこに塙玲衣子って女が絡むと、急にオヤジは社会の不適合者になっちゃうってことなんだ。大恥を掻かされて、社会的地位を奪われて、社会的に抹殺される。これは男としては最悪のパニッシュメントだよ。それが妻によってなされたということが、また恥なんだ。妻さえもコントロールできなかった男ってことだ。恥の上塗りだよ。

奥さんにそれだけ愛されていたということで、恥ではないって？　あなた、すごい発想するね。そんなのおかしいよ。何度も言うけど、妻とはもう恋愛関係じゃないんだから。

この場合は、妻は妻の本分を守れなかったという意味で、うちのオフクロも大恥掻いてるんだよ。そうだろ？　夫婦になって子供がいるってことだけで、社会的存在なんだ。社会の単位なんだよ。それを女が守れなかったの、つまり破ったの。そんな女を妻にしていた俺のオヤジも恥を掻き、そんな女が母親だという息子の俺も恥を掻く。わかる？

今の#MeToo運動とやらだって、そうだよ。男を社会的存在から逸脱させる運動なんだ。あのワインスタインとかいうプロデューサーいるじゃない。あの人、刑務所に入ってるんだろう。何でそんな罪に問われるの？　ちょっと女優くどいただけでしょう？　権力を利用しただけでしょう？　何でそんな目に遭わされるのか、全然わからないよ。えっ、俺の考えが間違ってるって？　いやいや、それはないでしょうよ（笑）。

ああ、喋り疲れたなあ。ちょっと一杯飲ませてもらうから。え、奢《おご》ってくれるの？　それはすみません。じゃ、ウイスキー飲むよ。ありがとう。

いや、それは客の本分じゃないよ（笑）。お客さんは自由ですよ、それなりの金払うんだから。


最近聞いたんだけど、女を嫌いで憎んでいることをミソジニーって言うんだって？　俺はそれかなと思うんだけど、どうだろうか。逆もあるのかな。何て言うの？　ミサンドリー？　へえ、知らなかった。

女が男を憎むってどういうことかな。そうか、男は女を差別しているし、乱暴だし、横暴だから嫌いなのか。俺みたいな男がいるから、ミサンドリーになる？　なるほど、ミソジニーとミサンドリーがいるなら、男と女は実は戦争をしているってことだな。

本当は好きなのに。そう、男は女を本当は好きなんだよ。というか、女は必要なものなんだ。だけど、女が男に刃向かうから嫌いになる。互いが嫌いになるなら、この世は終わりだね。子供は生まれない。俺なんかが典型的な例だな、そうだろ？

オヤジは惨めだったね。本当に惨めな男になってしまった。それまでは、ブイブイ言わせてたのにね。

俺はこんなしがないバーの経営者に過ぎないけど、オヤジは旧帝大を出たエリートですよ。何度も言うけど、M物産で金属資源開発部の課長までやった。それってエリートコースらしいですよ。

オフクロの方は、神奈川県の郵便局長の一人娘で、見合いだったそうです。そして、姉貴が生まれて俺が生まれた。二人目が男の子だっていうんで、オヤジはすごく喜んでくれたそうです。

それで、俺は「秀」の字をもらった。オヤジは「徳秀《のりひで》」っていうんです。大西徳秀。それこそ、戦国武将みたいじゃないですか（笑）。

前も言いましたが、子供の頃は幸せでしたよ。オヤジが帰ってくると、急に家の中がぴしっとしてね。オフクロは三つ指突いて、じゃないけど、オヤジの通勤鞄をそっと受け取って、背広を脱がせて、ほんとドラマみたいだよ。「ご飯にしますか？　それともお風呂を先にします？」なんちゃってね。オヤジを一番に遇していた。それでいいんだと思ってました。もっとも、オヤジは昭和のサラリーマンだから、定時に帰ってきたことなんかなかったね。接待とか打ち合わせとかで飲んで帰ってくる。それでも、オフクロはオヤジにかしずいていた。

ところが、ある日を境に何かが変わったんですよね。オフクロが決定的な浮気の証拠でも見つけたんでしょうね。それから、オフクロが急に女になった。気持ち悪かったですよ。平凡で地味な主婦が突然、赤い口紅を付けたり、派手な服を着たりするんです。

それまでは、外出する時も白いブラウスに灰色のスカートだったのに、急に若い子が着るような花柄とかサイケな格好するようになってさ。オヤジの気を引こうとしたんだろうけど、俺、嫌だったなあ。何か不潔な感じがした。

オヤジもますます離れていったと思いますよ。それからかな、喧嘩が絶えなくなったのは。オフクロが荒れ狂うと、俺は逃げるしかなかった。姉貴は俺より六つ上だったから、当時は高校生ですかね。避難する場所は小学生よりありますよ。それに、姉貴は徹底して母親の味方でした。

「ピ解同」の連中に会社に押しかけられてからは、もう最低ですよ。だって、「女の泣き寝入りを許さない会」と垂れ幕にあって、堂々とオヤジの名前が書いてあるんですから。垂れ幕には「M物産課長・大西徳秀は土下座しろ」「浮気の果てに妻を棄てるな」「慰謝料払え」とか書いてあったようです。ニュースとかでもやってたみたいだけど、俺はオヤジが可哀相で、全然見られなかったです。後で友達に聞いた。

それが全部、オフクロが仕組んだことだとわかった時は、オフクロを激しく憎みましたね。いくらオヤジが憎くても、そこまでする権利があるのかって。

俺がオフクロを嫌いになったのは、塙玲衣子のせいですよ。いや、嫌いになっただけじゃない。俺たちの家族が徹底的に壊れたのは、塙玲衣子のせいなんです。その時壊れただけじゃない。その後の未来も壊れたんです。

その騒ぎの後、オヤジとオフクロは離婚しました。姉貴と俺は母親のところに行かされたというのは、言いましたよね。オヤジは会社を辞めて、子会社の子会社の子会社みたいなところに就職したようです。社員数五十人みたいなね。給料だって前の何分の一しかもらえないし、何より、社員みんなが、オヤジがどうして物産を辞めたのか、その理由を知ってるわけでしょう。辛かったと思いますよ。

相手の女ですか？　すったもんだの挙げ句、別れたみたいですよ。そもそも、その「ピ解同」の騒ぎになった時、相手の女はビビって会社から逃げ帰っちゃったんです。そしたら、親が収拾に乗り込んできた。親はM物産のOBだったんですよ。つまり、由緒正しいOLさんだったわけ。OLって言葉も昭和だね（笑）。

それで、オヤジはその親にも平身低頭して謝ったそうです。当時は、娘を傷物にした、なんて言葉だってあったんだから、オヤジの立場はもう最低の底ですよ。俺は本当にオヤジが可哀相でしたね。

オヤジはね、そんなストレスもあったんだと思いますよ。結局、五十六の時に脳溢血《のういっけつ》で死にました。俺は今でもこう思ってます。オヤジはオフクロと、塙玲衣子に殺されたんだってね。

俺はオフクロから離れたかったから、高校を途中で辞めてバーテンダーとか、沖仲仕とか、そんな仕事を転々としてました。あんな騒ぎがなけりゃ、俺は今頃、東大とか一橋とか出て、商社マンになってただろうなって思ったりもしました。小学生の頃は勉強できたからね。だけど、高校中退のはぐれ者になっちゃった。辛いとは思わなかったけど、道を誤ったなという感覚はずっとあるね。

俺が女と付き合ったかって？ それはもちろん、何人か付き合ったよ。でも、長続きしなかったね。女が我が儘《わがまま》いだすと、嫌になっちゃうんだ。自分勝手なのかもしれないけど、やっぱトラウマがあるんだよ。

オフクロがオヤジに媚《こ》びるように気持ち悪くなったり、悪鬼のようになったりした姿を見てきたから、いつ豹変するかと思うと怖くて仕方がなかった。だから、俺もあまり、相手に心を開けないのよ。それで幸せになれない。

きっと姉貴もそうだよ。オヤジが自分勝手で好き放題だったから、それを見て男に失望したんだろうな。俺たち姉弟は、両親と塙玲衣子の被害者だ。

塙玲衣子と会ったら言ってやりたいことがあるかって？ いや、ない。あの女も選挙に出て、えらく恥掻いてたろ？ いい気味だよ。あれで溜飲を下げたね。だから、いいんだ。言ったところで、俺の人生が戻ってくるわけでもないしね。

ああ、疲れた。喋り過ぎた。そろそろ客も来るから帰ってください。お願いします。悪いけど、塙玲衣子なんて名前を聞いたから、塩でもまきたい気分だよ。

第三章

1　編集部に届いた手紙「砂川彰子《すなかわあきこ》」の話

婦人公論編集部

編集担当様

拝啓　突然のお手紙、失礼いたします。

いつも楽しく拝読いたしております。

4月号で、塙玲衣子さんが孤独死したという記事を読んで、とても衝撃を受けました。それが真実だとしたら、大変痛ましいことだと思います。

と申しますのも、私は学生時代に塙玲衣子さんと一緒に、東大の中で開かれているロシア語教室に通っていたことがあるからです。塙玲衣子さんのご本名は確か、石井数子さんと仰ったと記憶しております。

ご一緒した教室は、文学部ロシア語科のロシア語教室ではなく、東大の中のある物理系の研究室が、独自にロシア語の先生を呼んで夜間に開いている教室でした。

私は大学三年でしたが、石井さんはすでにご結婚もされていて、薬剤関係の翻訳をされていたと思います。

その教室で女性は、石井さんと私の二人だけでしたので、よくロシア語の先生と石井さんと私の三人で、本郷《ほんごう》から御茶ノ水まで徒歩で帰ったものです。

石井さんは、私の五歳年上ということもありましたが、とても優しいお姉さんという感じで、当時住んでおられた文京区のマンションにも何度か招いてくださり、夕食をご馳走になったりもしました。

確か、土田さんというお医者様と結婚されていて、その暮らしぶりはとても裕福に見受けられました。

私が卒業して就職してから、石井さんは突然、「ピ解同」を始められました。いきなりピンクのヘルメット姿で週刊誌などに現れた時、私は本当にあの石井さんだろうか、と信じられない思いでした。

石井さんはどちらかというと寡黙なおとなしい方で、教室でも静かに頷いているような方でした。だから、まったく違う印象に戸惑ったのです。

その後、連絡はまったく取っていませんでした。しかし、二〇〇六、七年頃でしたか。突然、石井さんから、会社に電話があったのです。ほぼ三十年ぶりの連絡でしたから、大変驚きました。

会社近くのカフェでお会いしたところ、実家に帰るのに交通費がないので貸してくれないか、ということでした。

しばらくぶりでお会いしたのに、突然お金を貸してほしいと言われて、私はたいそう驚いたものの、学生時代にはお世話になりましたので、差し上げる気持ちで必要と言われた金額をお渡ししました。

連絡先を教えてほしいと言うと、弟さんのご住所を教えてくれました。

その数カ月後に石井さんから連絡があって、借りたお金を返したいということでした。でも、私は差し上げるつもりでしたし、仕事も忙しい時期でしたので、結構です、とお断りしました。

そんなことがありましたので、石井さんがお亡くなりになった、それもお一人で、という記事を拝読して、ショックを受けた次第です。

石井さんがその後、どんな人生を生きられたのか、知りたくてなりません。引き続き、拝読するのを楽しみにしております。

砂川彰子

どうも、私が砂川でございます。いえ、こちらこそ、ご連絡頂きましてありがとうございます。

今日は、石井さんのもっと詳しいお話が聞けるかと、楽しみにしてまいりました。

まあ、そうですか。私の手紙が、二〇〇〇年代に入ってからの、いえ、直近の石井さんに関する唯一の情報と仰るのですか。

驚きました、石井さんの最後の情報が、週刊誌に載った九二年頃のものしかないなんて。それはどういう内容だったんですか？

はあ、マンションの立ち退きに関して家主に訴えられた、ということが面白おかしく書いてあるんですか。そう言えば、どの回でしたか、そんなことが書いてありましたね。では、それきり、石井さんの情報というか噂は立ち消えになったということですね。

あんなに派手に活躍された方なのに、何も情報がないというのはおかしな話ですね。私はもっといろんな方から、様々な情報が寄せられているのではないかと思っていました。だから、私が編集部に呼ばれてお話が聞きたいと言われるなんて、思ってもいませんでした。

石井さんは、いったいどうされたのでしょう。ご本人が好んで身を隠された、ということはあるのですか。でなければ、これほどまでに情報がないなんて、あり得なくないですか？　いったい彼女に何が起きたのか、ぜひ知りたいです。

石井さんが例の選挙の後に離婚されたことも、この記事で知りました。離婚後のことは、前のご主人の土田さんもご存じないのですか？

そうですか。没交渉で何もご存じないと仰っているのですね。石井さんが、他人の私にお金を借りるほど困っているのに、土田さんからはお金を借りることもできなかった、ということですか。

そう言えば、前々回でしたか、土田さんは再婚されてお子さんも三人おられると書いてありましたね。新しい家庭を築かれているのだから、それは無理もないと思いますが、土田さんが正直に仰っていない可能性だってありますよね。もしかすると、さんざん援助された後なのかもしれません。

だけど、あの石井さんが、別れた夫の土田さんに助けを求めることがあるんだろうか、と私は疑問に思います。いくら困ったとはいえ、別れた夫に頭を下げることはできないのではないかと思うのですよ。ええ、石井さんは頭がよくてプライドも高い人でしたから。

私のところにお金を借りにいらしたというのも、よく考えてみれば変な話ではありますが、土田さんよりは、他人の私の方がマシに思われたのかもしれません。

手紙にも書きましたが、私はあのロシア語教室で知り合っただけの、年下の友人に過ぎません。友人と言っても、ロシア語教室をやめてからは、その後のお付き合いもありませんでしたから、薄いと言えば薄い関係です。

そんな私のところに、わざわざお金を借りにいらしたなんて、他に頼る方もいなかったのでしょう。最後の手段だったのではないかと思うと、とても気になります。

お会いした時のご様子ですか？　服装は、あの方がよく着ていらした、ベージュ色のパンタロンスーツっていうんでしょうか。そういうパンツスーツを着ていらしたように記憶しています。

特にやつれた感じもなかったですね。石井さんは背が高くて、しゅっとされているんです。ほっそりとしてお綺麗なので、いつも会うたびに、この人はもてるだろうなと思ってました。その印象は変わっていませんでしたね。

はい、突然、私の会社にお電話をくれたんです。受付に私の旧姓を言って、電話を繋いでくれ、と仰ったとか。受付の人が私の旧姓を知っていたので、回してくれました。

今の時代でしたら、クレーム対応なんかのために、代表電話すら書いていない企業も多いですよね。ホームページからメールで、というけんもほろろの状況ですから、今なら連絡を取れなかったかもしれません。当時はまだのんびりしていたので、代表電話から各部署に電話が取り次がれたのですね。

申し遅れました。私は一昨年退職しましたが、麹《こうじ》町にありますM社という中規模の商社に長く勤めておりました。

M社への就職が決まった時は、石井さんともまだお付き合いがあったと思いますので、M社のことは覚えておられたのでしょう。あの商社に連絡をすれば、私とまた会えると思われても不思議はありません。

そうそう、私、古い手帳や日記帳をひっくり返して、これを見つけてまいりました。私は手帳をすべて取っていますので、どこかに残っているはずだと思って。

ちょうど二〇〇五年の手帳にこれが書いてありますから、その年にお目にかかったんでしょうね。手紙には二〇〇六、七年と書きましたが、思い違いでした。ほら、このページをご覧ください。石井さんの字で、連絡先が書いてあります。

まあ、石井さんの肉筆をご覧になったのは初めてでいらっしゃいますか？　そんなに感激されて。そうですよね。塙玲衣子さんの肉筆って、今は何も残っていませんものね。ほんとに見事に消えてしまわれた。

私が、「お金をお貸しするんだから、一応、ご連絡先を教えて頂けますか」と言ったら、頷いて、この手帳にサラサラと書いてくれました。

ええ、ここにあるのは、郷里の弟さんのご住所と電話番号です。いえ、電話をかけたりはしていませんが、ご本人がそう仰っていました。

ああ、そうですか。間違いなく、弟さんのお宅の電話番号なんですね。そう言えば、弟さんもお亡くなりになったと、記事で知りました。

石井さんが弟さんのご住所を連絡先に書いた理由ですか？　どうでしょう。ご自分の居所を教えたくなかったのかもしれません。

だけど、私もそんなことはあまり気になりませんでした。と言うのも、久方ぶりに会おうと仰った石井さんが、会ってみれば、お金を貸してくれという用件だったので、それなら突っ込んだ話は聞かない方がいい、と判断したのです。

お会いした場所は、会社のそばのカフェでした。駅のそばのLという店です。そこで夕飯をご一緒したと思います。パスタやサラダなどを食べて、ワインくらいは飲んだかもしれません。はい、私がお支払いしました。石井さんは、にこにこと笑っておられましたが、自分から口を開こうとはしませんでしたね。

そうなんです。石井さんは、穏やかなおとなしい方でした。控えめで、自分から話しかけるようなタイプではなかったです。黙って微笑《ほほえ》みながら、人の話を聞いているような人でした。笑い方もお上品でほほほという感じ。ともかく、あまり自分の話をしない人でした。

だから、週刊誌でピンクのヘルメットを被った石井さんを見た時は、心底びっくりしたものです。石井さんは、本当はこういう人だったのか、と驚いたのです。何か殻《から》を破ったら、ものすごく強く元気な人がそこにいた、というか、自分はこの人のことを何も知らなかったのだ、と愕然《がくぜん》としたのを覚えています。

彼女は、根っからのリケジョだったと思います。理系の図抜けた頭の良さがありました。ロシア語だけでなく、英語はもちろん、ドイツ語もできました。

ロシア語を勉強する目的は、ロシア語もできた方が仕事の幅が広がるから、と仰ってましたね。当時、大きな製薬会社などから、翻訳の仕事をもらっていたようです。

「理系の翻訳は簡単なのよ、単語さえ調べればできるから」

そう仰っていましたが、それは謙遜《けんそん》で、本当にすごく優秀な方だったと思います。だから活動をやめて離婚された後も、翻訳で充分食べていけたのではないか、と思うのですが、何があったのでしょう。不思議でなりません。

私は中学生の時にトルストイにはまって、ロシア文学が大好きになりました。だから、ロシアの歴史や文学に大変興味があったんです。ロシア語を習って、ロシアの文化をより深く理解したいと心から思っていました。

私は女子大出で、東大の学生ではありませんでしたが、大学の掲示板で、東大内にロシア語教室があることを知って通い始めたのです。卒業するまで通いましたから、ちょうど二年間ですね。

石井さんがどんなルートで、ロシア語教室にいらしていたのかは知りません。でも、真面目な方ですから、翻訳のブラッシュアップということを常に考えておられたのではないかと思います。

ただ、石井さんは、文化的なことにはあまり興味を示されませんでしたね。さっきも言いましたが、根っからのリケジョで、薬学の翻訳のためにロシア語を受講されていたようです。そこは私と話が合いませんでした。

ロシア語の先生ですか？　はい、イワン・バルスコフ先生と仰って、商社からいらしてました。もう亡くなられたと思います。

私の結婚式にもいらしてくださったくらいで、大変親しくさせて頂いてました。学校の「学」という字も「學」と旧字で書けるくらい、日本語にも精通していらっしゃいましたね。

夜、教室が終わると、東大の構内は真っ暗で、とても怖かったです。大学闘争で焼けた安田講堂が黒々と聳《そび》えていて、到底一人で歩けるようなところではありませんでした。

そこを、バルスコフ先生と石井さんと私と三人で、御茶ノ水駅まで歩いて帰ったものです。私は先生とよく話しましたが、石井さんはにこにこ笑っておられるばかりで、あまり話されませんでしたね。

バルスコフ先生は、毎年ソ連大使館で開かれる「白樺《しらかば》パーティ」にも、私を誘ってくださいました。そこで、ある人がソルジェニーツィンを褒めたら、先生が顔を真っ赤にして怒ったことがありました。

「そんなことを言うと、ソ連共産党に言いつけますよ」って。

今思うと笑い話ですが、まあ、そういう時代でもありました。『どですかでん』という黒澤明監督の映画を先生と観た時も、「労働者を馬鹿にしている」と、とても怒っておられましたから（笑）。

石井さんはどうされていたかということですか。いつも物静かで、あまり先生の話にも乗ってこないし、ご自分のことも話さなかったですね。

石井さんのご自宅は、文京区にある白い壁の瀟洒《しょうしゃ》なマンションでした。私が学生だということもあって、石井さんのお宅によく遊びに行きました。

ある日、石井さんがこう仰って誘ってくれたことがありました。

「とても美味しい料理を覚えたので、ご馳走するわ」

私は内心わくわくしていました。こんな素敵な豪華なマンションにお住まいなんだから、食べたことのないイタリア料理とかフランス料理とか、そんなお料理が出るのかしら、と。

ところが、ご馳走してくれたのは、豚の生姜《しょうが》焼きでした。確かに美味しかったですが、あれには少し驚きましたね。それで、よく覚えているんです。

リケジョと言えば、一度、ご自宅でタンポンの実験をしてみせてくれたことがありました。水を張ったボウルにタンポンを入れてみせるんです。すると、タンポンがものすごく水を吸って膨らむ。

それを私に見せて、「心地の悪いナプキンなんかやめて、タンポンにすべきです」と主張されました。私は目で見て納得させられましたから、以来、タンポン派になりました。

石井さんは、そういう風に理詰めで物事を考えておられたし、それを実際に実験してみせて納得させる。ものすごく合理的な考え方をする人だったと思います。

ええ、私が年下だったせいもあって、よくレクチャーされましたよ。避妊のこととか、中絶のこととか、女性は経済的に自立しなければならない、とかね。

そういうことは、とても熱心に話されましたね。今思えば、ピルなんか当たり前のことなのに、彼女は早過ぎたのかもしれません。

「バージニアの会」ですか？　ちょうどその頃に、あのマンションで集まっていたと土田さんが話しておられましたね。さあ、私はそういう集会のようなものに出くわしたことはまったくありません。だけど、あのレクチャーを思い出しますと、石井さんには一貫した強いものが常にありました。


交通費を貸してください、と言われた時の話に戻りますが、それはよほどのことなんだなと思います。いい歳の大人になって、お金がなくて昔の知り合いを頼るって、よほど困ってないとできないですよね。

私、こちらに伺ってお話を聞きたいと言われてから、その時のことをずっと考えているんですよ。

あの数カ月後でしたか、石井さんにお金を返すから会いたい、と言われた時は、いろんな思いがあって正直、迷いました。また貸してと言われたらどうしようとか、仕事が忙しかったから関わるのが少し面倒だなとか。でも、それは私が彼女との関係を、どこか忌避したい、ということなんですよね。

もう返金は結構ですからお目にかからなくてもいいです、ときっぱりお断りした後に、やはりお会いすればよかった、お話を聞いておけばよかった、と後悔したり、いや、これでよかったのだ、深追いしてはならない、と思ったり、本当に複雑な気持ちだけが残りました。だから、相手にそう思わせるというのは、やはりよほどのことだと思うのですよ。石井さんが困窮されていて、誰も助ける人がいなかったとしたら、何とかしてあげたい、してあげなきゃと思う一方で、それには限度があると考えるのが普通です。

やはり助けは助けでしかない。それは大人なら誰でもわかっていることですよね。だから、何もできなくて辛いわけですが、どこかそれには限界があることも知っている。その限度に対して、自分を納得させなければならない。その納得させることが辛いのだと、今回思いました。

大原麗子さんのように亡くなっていた、という証言がありましたが、そういう証言を聞くと、本当に何も言えません。あの時、私の逡巡が彼女を追い詰めたのではないか、と。

もちろん、私が何かできたとは思いませんし、私と同じような立場になっても、誰もが同じようなことをしたと思います。でも、やはり、ショックなんです。わかって頂けますか。

こうして他の方にこの話をしていると、後悔が湧き上がってきます。それは今申し上げたような、何もできなかったけれども彼女と関わってしまったという重みです。私がこうして最後の証言者となっていることの重みです。それらが今、じわじわときて私を苦しめています。おそらく、証言をされた方たちのほとんどが、彼女のサインを何か見落としたんじゃないか、と悩んでおられると思います。

この指輪ですか？　つい、話に詰まると、指輪を触ってしまう癖があるんです。これはオパールです。オーストラリアに旅行で行った時に、思い切って購入しました。私、十月生まれなので、オパールが誕生石なんです。

綺麗ですけど、そんなに高くないから、中のちらちらと燃えている火が少し少ないですよね。これがオパールの火だそうです。遊色《ゆうしょく》効果というのだとか。遊色効果が多くあるものが高価なんだそうです。ええ、買った後に調べたんですよ（笑）。

オパールは不思議な石で、宝石の中で唯一、水分が入っているんだそうです。だから、乾燥すると濁ったり割れたりするんだとか。しかも、水に濡らしてもいけない。塩素と反応して輝かなくなる。とても繊細な石なんだそうです。

すみません、こんな関係ない話をして。私、実は石井さんに三十年ぶりにお会いした時に、ふと、このオパールのことを思ったんです。私が一緒にロシア語教室に通っていた時の石井さんは、ちらちらと綺麗な炎が燃えていたなと。

でも、三十年後にお目にかかった石井さんは、変わらずお綺麗でしたけど、炎は消えていたように思います。水分が抜けたのか、乾燥したのか。いずれにせよ、何か変化があったのだと思って寂しかったです。

寂しかったなんて、いくら何でも失礼かと思って言わないでいたことでした。でも、もしかすると、それこそが私が二度目にお目にかからなかった理由かもしれません。

2　編集部に届いた手紙による「匿名希望者」の話

婦人公論編集部　御中

前略

さる人から、おたくの雑誌で塙玲衣子についての記事があると聞いて、バックナンバーを探して全話読んでみた。当方、婦人公論なんかそもそも読まないから、手に取るだけで苦痛だったが、ま、それはどうでもいいこと。

まず感想を言えば、いずれも塙玲衣子の実像にはまったく迫っていないということ。そもそも、この物書きはどうして塙の話なんか書こうと思ったのか、そっちの方が気になった。「ピ解同」の後継者だとでも自称したいのか。

だとしたら、まったくもって笑止である。「ピ解同」の活動になど、何の普遍性も認められない。どころか、「ピ解同」はただのゆすり屋に過ぎなかったからである。

それに、あたかも人の話をじっくり聞いた風に書いてあるけれども、嘘とも、記憶の改変とも、適当な想像とも言えるような法螺《ほら》話、与太話の類いを、毎回だらだらと書きなぐっているだけではないのか。実際、会っているのかどうかも怪しい。

この物書きはいったい何が言いたいのか。事実を歪曲したいのか。それとも、何かを誤魔化そうとしているのか。

前回、二〇〇五年の塙の情報が直近で最後、とあったので、その取材力のなさにも呆れた次第。何か情報を待っているのなら、いくらでも提供しよう。当方はずっと、塙玲衣子のやることを追ってきたのだから。

何度も言うが、塙はこんな人間じゃなかった。金を得るためなら何でもするような、歪んだ人間だった。男の弱みを握った、企業の弱みを握った、とばかりに、ゆすりまがいのことをする総会屋もどきの人間だった。

だから、塙はのちのち、隠れて生きざるを得なかったのだ。

そんな惨めな塙の人生話を聞きたいのなら、いくらでも被害者を紹介する。それで、また聞いた風な話にまとめてみればいいでしょう。

敬具　S

――Sと称する方から、こんなお叱りに近いようなお手紙を頂きました。電話番号だけが記されてあったので、おそるおそる電話してみましたところ、かなり年配の男性の方で、名前は名乗られませんでした。

しかし、あなた様を含めて数人の方をご紹介くださいましたので、お声をかけさせて頂きました。私どもは、どんな情報でも知りたいからです。こんな経緯ですのに、わざわざおいで頂きましてありがとうございます。

お叱りを受けた方からのご紹介という、こんなケースは初めてで、私どもも戸惑っておりますが、塙さんについて、率直にお話し頂けませんか。


「匿名希望者の話」

わかりました。正直に言いますとね、こんなところに引っ張り出されて、若干迷惑しております。なら、来なければいいのにと思われるでしょうけど、久しぶりに連絡のあったSさんに、この際だから言いたいことがあれば言ってやってください、と言われて、仕方なしに出てきました。

はい、私の証言は匿名でお願いします。仮名も何だか自分じゃないみたいだから嫌です。匿名希望ということでお願いします。

Sさんからご連絡頂いたのは本当に久しぶりで、とてもびっくりしました。まだ私のことを覚えておられたのだと。でも、兄のことをいつまでも忘れないでいてくださったことは、嬉しかったです。

ええ、Sさんは、塙玲衣子さんに腹を立てておられるんですよ、いまだに。だから、ずっと塙さんの動向を調べておられたのだと思います。

執念？　いえ、別にSさんは変な人ではありません。慶應義塾大学を出られて、一流銀行にお勤めだった方です。無論、今は退職されていますとも。八十歳を優に超えておられると思いますよ。

Sさんは、塙さんのやったことが道義的に許せないんでしょう。だから、あなたのお書きになっている記事で、塙さんが祭り上げられるのが嫌なんでしょうね。

祭り上げているつもりはない？　ただ、何が起きたのか知りたいだけ？

そうですか。確かに、彼女は立派なことを言ったりもしてますものね。今の時代にアピールするのもわかります。#MeToo 運動とかって、私たちの時代には考えられないような告発の仕方ですものね。

私ですか？　Sさんと同じです、やはり彼女のことは許せないですね。何でかって、私の兄が被害者だったんです。

いいえ、よくある話だと思いますよ。兄が婚約不履行をしたんです。ただの婚約不履行です。心変わり。それなのに「ピ解同」が行って糺《ただ》す、と兄の勤め先の銀行に事前通告があったそうなんです。それで、兄は人生を狂わされました。酷いなんてもんじゃありません。

私も今日お目にかかるというので、こちらの記事を最初から読んできましたけどね。何回目かに、父親が酷い目に遭ったという男の人がいらしたじゃないですか。バーを経営されている方。私の兄のケースと同じだと思いながら読みました。

兄は銀行に勤めていました。はい、Sさんは直属の上司でした。兄は謹厳実直。とても真面目な人間で、道から外れるようなことをする人ではありません。兄の性格は銀行の業務にぴったり合っていたと思います。

当時の銀行は行員を雇う時、興信所を使って身許を調べていましたし、人事に関しては厳密なところがあったと思います。品行方正な兄は、とてもじゃないけど、「ピ解同」に狙われるようなタイプじゃなかったんです。

そうです。当時は「狙われる」という印象でした。何でも、「ピ解同」の事務局には、全国の女たちから要請がたくさん来ていたそうなんです。それも、ほとんどが恨み節ですよ。

「ピ解同」では、それを吟味して出動を決めていたと聞いています。吟味も出動もおかしな言葉ですけど、そんな感じだったらしいです。

つまり、塙さんはマスコミ受けするもの、そして、行けばなにがしかの利益を得られるものだけに、出動するようになっていったんです。それが「ピ解同」の「吟味」の中身だったんです。

例えば、吊し上げる相手が一流企業勤めであればあるほど、世間にとっては大スキャンダルになるわけですね。一流企業に勤める男に愛人がいて妻を蔑ろにしているとか、妻を奴隷のように扱って殴っていたとか、恥ずかしいプライバシーを暴けば、男も恥を掻くけど、企業イメージも下がるわけですよ。

社員の身許調査までやって雇ったのに、そんなことで足を掬《すく》われるのなら、企業としては大打撃なわけです。塙さんは、それを狙っていたんですね。ずる賢い人です。

もちろん、そのことで日本の企業の古い体質を糾弾しよう、という意図もわからないではないですよ。わからないではないけど、そんなことで揺らぐほど甘い世界ではないです。企業は揺らがず、社員に犠牲が出るだけなんです。

あれは一九七五年くらいのことでしたかしらね。兄は当時二十五歳で、高校の時から付き合っていた人と婚約していました。ええ、私もよく知っていました。小柄な可愛らしい人でした。

彼女は高校を卒業すると、すぐに小さな会社のOLになりました。あ、OLって死語ですね。つまり、事務員さんだったんです。堅実だけど、地味な人でした。

ところが、上司の方が兄に女性を紹介してくれたんです。相手は短大出で、ある企業の受付をしているような綺麗な方だったそうです。兄は、上司の手前、その人と付き合わざるを得なくなったんです。

兄は断り切れなかったらしいんです。でも、会ってみたら、その方がとてもいい人で気も合うし、二人の交際はトントン拍子に進んで、婚約までしそうになったんです。

それで、兄は以前からの彼女に、婚約を解消しようと申し出た。そしたら、相手が激怒したそうです。そのあたりは、何と言ったのかわかりませんが、兄も不器用だったんでしょうね。

で、相手は、兄が出世のために自分を棄てた、自分が高卒だから袖にしたのだ、中絶も二回させられた、手酷い裏切りだ、と怒って「ピ解同」に駆け込んだんです。

ええ、婚約解消はよくある話だと思います。兄の場合、二股と言えば言えるし、タイミングが悪かったとも言える。長い春だったから、とも言える。ただね、高校からの彼女なんて、社会に出れば、悪いけど古びて見えるものじゃないですか。

別の世界が開けるんだからもっと違う人を、と思うようになりますよね。違いますか？ そんな差別とかじゃない。ただ、古い殻を破りたくなるのが普通じゃないかと思うんですよね。

もちろん、兄も悩んでいたと思います。でも、まさか婚約者がそんなことをするとは思ってもいなかったんでしょうね。

いきなり塙さんが、これこれの理由で「ピ解同」が出動する、と銀行に事前通告してきたんですから。それで上を下への大騒ぎになったようです。

銀行の方は、塙さんを呼んで話し合い、何とか派手な出動を取り下げてもらった。そこにはいくらか金も動いたと聞いています。それが事前通告の意味だったんですよ。「事前」に和解の希望があれば何とかします、とね。

兄は騒動の責任を取って、辞表を提出しました。もう、即受理ですよ。そのスキャンダルは一生付いて回ります。兄は再就職もままならなくなり、鬱《うつ》病になりまして、外に行けなくなりました。そして、三十歳になる直前に首吊り自殺をしてしまいました。兄は銀行に対して、そして女性を紹介してくれた上司の人に対して、ずっと責任を感じていましたからね。

上司の紹介を断れなかった兄も悪いとは思いますし、その婚約者もそこまでしなくても、とは思いますが、やはり塙さんの事前通告が兄を追い詰めたと思うのです。日本の企業は働く人よりも、企業イメージを守ろうとしますよね。だから、そこで働く人は何か不祥事があれば、追い詰められて崩れてゆくんです。私は兄が可哀相でなりませんでした。

はい、Sさんはその時、別の女性を紹介してくれた上司です。Sさんも責任を感じておられるのでしょう。だから、今でも忘れないのです。

ピ解同に訴えた婚約者のことですか？　彼女は後に別の人と結婚して、今は孫もたくさんいて幸せに暮らしていると聞きました。

彼女に対する恨みですか？　昔は当然ありました。どうしてそんなことをしたのか、とずっと腹立たしく思ってました。

だけど、彼女は兄が好きだったんでしょうね。兄を失いたくなかったからこそ、「ピ解同」に駆け込んだ。それがわかるだけに、自分の行動によって、本当に兄を失ってしまった彼女が気の毒だ、と思う気持ちも生まれてきましたね。

だから今は、やはり塙さんのやり方に腹立ちを覚えます。なぜなら、そういう男女間のトラブルを、それも企業絡みのものを、塙さんが自分の活動のために利用していたと感じるからです。

私の両親もダメージを喰らいました。順風満帆だと思っていた長男が、不祥事で銀行を辞めざるを得なくなり、その上、病を得て自死した。それはショックなんていうもんじゃないです。

私の実家のある町は町工場が多くて、小さな自営業の方ばかりです。私の父は信金に勤めていましたが、母はずっとクリーニング屋でパートをやってましたし、例の婚約者のうちは、小さな食堂を経営していました。ええ、手頃な定食を出すような食堂です。

そんな庶民的な町で、一流銀行に入った兄は出世頭で、父の自慢の種だけじゃなく、地域の自慢の種でもあったんです。

父は兄が亡くなる二年前に脳卒中で亡くなり、母は兄が自殺した後、心筋梗塞で亡くなりました。二人ともストレスのせいで早死にしたと思います。

私はずっと一人で暮らしています。来年、七十歳になります。たった一人で心細いと言えば心細いですけど、これは運命ですから仕方ないことです。私が独身でいたのも、やはり兄の不祥事があったからだと思います。

何となく、兄のことで何か言われるのではないかと思うと、あらゆることに積極的になれなかったですね。塙さんには、陰ではこういう人間もいるということも、知って頂きたかったです。

塙さんのその後ですか？　私は何も知りません。この記事を読むと、もう亡くなられたようですね。どういう晩年だったか知りませんし、どんな死に方をされたのか知りませんけど、すべては因果応報。仕方ないんじゃないですか。

Sさん？　そうですね。そんなお手紙をお書きになったくらいですから、もう一度お電話してみられたらいかがですか。きっと、ご存じのことを教えてくださるのではないかと思います。

私はもう結構です。別に知りたくない。今度のことがあるまで、塙さんのことなんか忘れていましたから。のんびり暮らすためにも早く忘れたいです。

3　手紙をくれた「S氏」の話（電話取材）

いや、あなたを糾弾するつもりはありません。あなたはご自分の仕事をしておられるんでしょう。そのやり方や結果がどんなものであれ、それはあなたが引き受けられることでしょうから、私は別に何も言いません。

お叱り？　いや、叱った覚えなどありません。あなたのお書きになったものを読んだ、私の印象ですから。

なるほど。あそこに書かれているのは捏造、いや失礼、創造ではなくて、すべて実在の方に会われたんですね。了解です。あて推量で手紙を書いたことについては謝罪します。申し訳ありません。

あなたが女性だから、という理由で失礼なことを言ったわけではありません。塙さんのことになると、頭に血が上るのです。

彼の妹さんに会われたんですか？　そうですか。あのご一家には、大変申し訳ないことをした。私があの女性を紹介したことで、彼を苦しめてしまった。すべての元凶は私にあります。いまだに慚愧《ざんき》の念に堪《た》えません。あなたには、そういう思いをしている人がいるということを知ってほしかったんですよ。

塙玲衣子の消息ですか。ええ、私はずいぶんと追っていましたね。何せ、彼の弔《とむら》い合戦のつもりでしたから。

塙玲衣子、つまり「ピ解同」のやり方は、ピンクのヘルメットを被った女たちが、男の会社に行って派手な垂れ幕を下げて、ハンドマイクで滔々《とうとう》と罪状を述べる、という形でした。それは企業にとっては、大変なリスクです。一社員のことだと知らん顔なんかできないわけですから。そういう社員を雇っている企業はどうなのか、という社会的な責任を問われかねない。

なので、塙玲衣子が宗教団体を作ったり、「女の党」を結成する頃には、企業の方でも、マニュアルというか、防衛する術《すべ》を研究していたんだと思うのです。

いえ、彼の場合、うちの銀行にはそんな術はなく、ただおろおろと塙玲衣子の言いなりに金を払ってました。金額ですか？　さあ、百万はいかないでしょうが、かなりの額だったと思います。

そのうち、企業側では弁護士らと相談して、塙の事前通告があったら、脅迫罪として毅然と告訴する、と言うようになったのでしょう。それは大企業であればあるほど、法的な整備はされたと思います。

「女の党」が参院選に候補者を出した時、塙玲衣子自身は立候補しなかった。なぜだと思いますか？

これは私の推論ですが、おそらく、止められていたんですよ。何でも塙はその直前にかなりの大物のスキャンダルネタを摑んでいて、颯爽と交渉に出かけた。

大物とは政治家ではなく、おそらく国家的事業に関わる企業のトップに近い人物です。それしか言えません。だって、あなた書くでしょう？　だから、これ以上のことは私も裏付けがないから言えないんです。

女性のネットワークというものは、とても怖い。何でも喋る。それが女同士のお喋りから、どんどん尾鰭《おびれ》が付いて、とんでもないものに変質する。もちろん、それればかりではなく、本当の閨《ねや》の話もあるでしょう。「ピ解同」の事務局は、上は大企業のトップから、下はどこにでもいるような下町のオヤジさんの浮気話まで、それらが持ち込まれる宝庫だった。

で、さっき話しましたが、企業の方は法的に対処しようと思っているところに、塙がのこのこ出かけて、どうなったと思いますか？

脅迫罪で告訴する、と逆に恫喝《どうかつ》されたんだと思います。いや、恫喝ではなく、本当の告訴一歩手前だったかもしれない。でも、そこで堂々と法廷闘争をやれば何とかなったかもしれないのに、塙は相手の条件を吞んだ。

その条件とは、参院選に塙玲衣子本人は立候補しないこと、参院選に負けたら、専業主婦になると敗北宣言をすること、今後活動しないこと。そんなことを条件として言われたのではないかと思います。

あり得ないでしょう？　そんな屈辱を与えられたのに、それを甘んじて受けざるを得ないほどのことをしたんですよ、彼女は。

もしかすると、告訴どころか、もっと酷いことを言われたかもしれない。例えば、殺すとか、家族の誰かをどうこうするとか。企業だって、下にいくらでもそういうことをする連中を雇っていますから、体面を保つためには何だってやりますよ。

それまでだって、彼女の家族には嫌がらせとかもあったかもしれない。だって、あの妹さんの家族だって、お兄さんが首になった時は、お父さんが「塙を殺してやる」といきり立ってましたからね。

つまり、そこまで来た、ということなんです。それで、塙は潰されたんだと思います。党首を欠いた参院選は、誰一人当選者がいないという惨敗。内部でも、塙に対して不満が噴出するし、「女の党」は完全にばらばらになってしまった。

選挙資金をダンナさんが全額出したと聞いているけど、選挙はそんなんじゃ、到底足りませんよ。その資金を企業から奪い取ろうとしたのに、それが裏目に出て、企業側の逆襲に遭った。

その逆襲も手酷くて、二度と活動できないところまで追い込まれたし、一件、刑事告訴されたら、うちもうちも、とあちこちからもやられるでしょうから、たまったもんじゃない。下手したら、二年近くムショ暮らしで、賠償金も億を超える。

こうして塙は、その存在を闇に葬られたんです。それは、日本全体が、塙玲衣子という女を葬った、ということなのかもしれない。

女の権利を主張するだけなら、まだ可愛い。それは一応、正しいからです。そのくらいなら大目に見るのに、あろうことかあるまいことか、企業に対しても金を要求して挑戦してきた。あり得ないことですよ。塙玲衣子は一線を越えたんです。だから、葬られた。

おや、初めて聞かれたんですか？　こんな話を。ショックですか？　電話だとお顔が見えないからわかりませんが、声が低いですね。

でもね、男なら当然のように想像できますよ。社会に対して、これだけのことをしたら、それはただじゃ済まないんです。だからね、あなたがたが馬鹿にする男たちは、用心深く生きているんですよ。それが、塙はわかっていなかった。

彼女の晩年ですか。私が調べたところ、男と一緒に暮らしていましたね。まあ、同志のような、というかブレーンみたいなことをしてた人じゃないですかね。その人の世話になっていたようですが、最後の最後には、別れたのかもしれないですね。そんな死に方をしたのなら。住まいは確か、埼玉の方ですよ。

よくご存じだって？　私は探偵を雇って、ずっと調べてましたからね。もちろん私費、私費ですよ。私怨ですからね。いや、公憤かな。

いつまで調べたかって？　そうね、実は東日本大震災までかな。あれはショックでね。もう塙玲衣子なんてどうでもよくなっちゃった。

彼女の死ですか？　可哀相にも思いませんね。彼女なりの決着でしょう。しかし、人生には、いくつか節目があると思うんですよね。

塙の一生を追った自分としては、参院選の時に恫喝を蹴って立候補したら、少し違ったかなと思います。もちろん、脅迫罪で刑事告訴されたでしょうけど、闘う人間には応援する人も付くんですよ。闘う姿勢を見せて立候補すれば、女たちの票を得て当選したかもしれない。議員になれれば、また違う道も開けたでしょうに。だけど、逆に脅迫されて逃げちゃった（笑）。

しかしまあ、時代がまだ追いついていなかったのはあるね。今ならSNSって言うんですか。世界中の誰かしらが声をあげてるから、塙玲衣子が今生きて、同じことをしていたら、一人で突出することもなかったでしょうね。

勝手なことばかりぺらぺらと喋ってしまったけど、私の気持ちは変わりませんし、どこか真実を突いていると信じています。まあ、あなたも頑張って書いてくださいよ。応援は特にしないけど、必ず読むようにしますから。では、これで。喋り疲れました。

4 晩年の塙玲衣子の隣人だった「泉孝子《いずみたかこ》」の話

あら、どなた？　ええ、あたしはこのアパートに三十年近く住んでますよ。ここに住んでいた人のことを聞きたいって、突然言われてもね。出てった人、死んだ人、行方不明になった人、いろいろで。

いいえ、ほんとよ。あたしの部屋の真上に住んでた山崎《やまざき》さんてお爺さんは、徘徊《はいかい》してどこか行っちゃったの。とうとう見付からず仕舞いで、行方不明になったわ。いつの間にか、老人ばかりの住処《すみか》になっちゃったから、そんな人ばっかなの。

塙玲衣子？　さあ、聞いたことないわね。女の人ですよね？　誰だろう。

石井数子？　その人も知らないわ。土田数子？　そんな人もいなかったね。みんな同じ人なの？

歳の頃はどのくらいなの。へえ、昭和二十年生まれなら、あたしより三つばかり下だね。あたしが昭和十七年生まれで、今、八十一だから。

そんなに見えない？　そうでしょ、みんなに言われるわよ、若いって。仕事しなきゃ喰っていけないから、老け込んでる場合じゃないもの。

そんなに知りたきゃ、裏に大家さんが住んでるから、行って聞いてみたらどうですか。ああ、もう行ったのね。そうか、代替わりしたからねえ。あの人は知らないでしょうよ。てか、老人のことなんか知ろうともしないのよ。

前の大家さんは優しくていい人だった、干渉もしないし。だけど、認知症になっちゃって、今入院してるのよ。私と同い年のお婆さん。だから、今は長男が経営してる。あの息子は、早くこのボロアパートを取り壊して、土地を売り払いたくて仕方がないのよ。なのに、古株のあたしがのさばってるっていうんで、えらく感じが悪い。

こっちが挨拶してやっても、返しゃしない。頭に来たから、「あたしがこの部屋を出る時は、棺桶《かんおけ》に入った時だよ」と言ってやったの。笑っていいのかどうかわからないような、困った顔してた。

そしたら、隣の部屋の爺さん、そう、岡本《おかもと》さんが、「あんた、そんなこと言うと、うまく殺されちゃうよ」って真顔で言うから、怖くなっちゃった。ま、冗談でしょうけど、この世の中、金のためなら何でもする人がいるんだから、わかりゃしない。

岡本さんですか？　あの人はそう日が経ってない。三年くらい前に入ったから、このアパートの住人のことはたいして知らないですよ。

「石巻《いしのまき》の人でね。津波で奥さんと娘さんが亡くなったそうなの。気の毒な話ですよ。それで、いっそ誰も知り合いのいない都会で暮らしたいって、江戸川とか足立とか、あちこち住んだそうよ。で、この埼玉まで流れてきたんですって。そりゃ、ここは首都圏だけど、都会とは言えないわよね。でも、いい人。あたしも時々、おかずなんか持っていってあげるわ。そう、あたし、世話好きなのよ。

ところで、あなた、何をする人ですか？　へえ、ライター。ルポライターってヤツ？　そうじゃなくて、ただのライター？　違いがよくわからないわね。名刺もらったところでね、何だかよくわからないし。でも、一応、もらっておきますよ。ええ、何か思い出すことがあったら、連絡します。

塙玲衣子って人について書いてるの？　さっき言ったけど、そんな人のことなんか知らないわよ。「ピ解同」？　何だっけ、それ。聞いたことあるようなないような。いや、嘘なんか吐いてないわよ。

写真があるの？　じゃ、見せて。ちょっと待ってね、今、眼鏡掛けるから。

この人ですか？　ええ、この人なら知ってますよ。でも、これは、かなり若い時の写真だわね。面影は残ってるけど。この人、名前は全然違うわよ。花田《はなだ》さんていうの。花田和《かず》代《よ》って、名乗ってたかな。二階の端っこの部屋に住んでた。

和代は、平和な代だったと思う。あたし、聞いたことがあるの。「花田さん、下の名前はどんな漢字？」って。そしたら、あの柔らかな調子で「平和の和に、代々木の代です」

と言ってた。「代々木の代」っていう言い方が珍しいと思ったから、よく覚えているわ。へえ、「花田和代」って、偽名だったのね。全然、気が付かなかったわ。そういや、手紙も全然来ないのよね。DMっていうの、ああいう宣伝の類いも来ないの。てか、郵便受けに名前も書いてなかったし。新聞？　取ってなかったわね。そりゃ、テレビくらいはあったでしょ。

だから、花田さんの郵便受けには、いつもチラシがいっぱい入っていた。あたし、それが気になってね。「空き部屋みたいに見えると、他の人が要らないチラシを突っ込むから、こまめに捨てなさいよ」って注意したの。そしたら、「確かにそうですね」って笑いながら、チラシを片付けてた。

今思えば、そんなことはどうでもいい感じで、不思議な人だった。投げやりっていうのとも違う。何か、心ここにあらず、みたいなところがあった人だったね。かと言って、近寄りがたいわけじゃなくて、気さくなんだけど、何を考えているのかわからない感じはしたわね。

あたしが男の住人の悪口言っても、なかなか乗ってこなかったりね。男の人ってずさんなのよ。いくら言っても、ゴミの分別ができないようなお馬鹿さんもいるし、騒音出す迷惑な人もいるしね。だけど、花田さんにとっては、そんなことどうでもいいんだな、と思ったことはあるわね。

旧姓は石井数子で、結婚した時に土田数子になって、芸名が塙玲衣子か。塙の「はな」と田んぼをくっつけたのかしらね。字面が違うと、全然違う感じね。どうして名前を変えたのかしら。本人も最初から、「花田です」って名乗ってたし、表札にも小さな字でそう書いてあった。離婚したのは知らなかった。本人は何も言ってなかったわね。

男の人と一緒に住んでなかったかって？　それはない。訪問者？　あ、時々、男の人が来てましたよ。どんな男の人かと聞かれても、どう説明していいかしらね。花田さんと同じくらいの年頃で、白髪だった。真面目そうな人。男の人としては細い方で、花田さんと同じくらいの背。そう、花田さんは背があったからね。

でも、ある日突然、ぱたっと来なくなって、それから花田さんの困窮が始まった感じかしらね。そう、文字通り、困窮よ。お金がなくて困ってらした。多分、あの男の人から生活費をもらっていたんでしょうね。

花田さんに頼まれて、あたしも時々、融通してあげたりもしたわ。いや、そんなの千円、二千円くらいだから、たいしたことない。返ってこなくてもいいような額よ。本人が気にしているのがわかったから、あたしも要らないよって言いました。

あたしは年金もらって暮らしてます。当然、それだけじゃ足らないでしょ。今はマンションの清掃を二軒やってる。たいしたお金にはならないわよ。でも、仕事しなかったら、飢え死にしてしまう。

年金はひと月たったの六万五千円だもの。そのうち、家賃が三万円。残った三万五千円で、どうやって暮らすのよ。清掃のパートで十万稼いで、何とか暮らしているけど、倒れでもしたら、貯金はないし、お先真っ暗だよね。不安じゃない、と言ったら嘘になるけど、仕方ないよ。こういう人生を選んだのはあたしだから。

あたしは離婚経験者なの。子供もいない。この「泉」という名前は旧姓よ。長野には弟がいるけど、ほとんど音信不通ね。

あたしは別れた亭主が嫌で嫌で、すぐに旧姓に戻したの。名前が一緒だなんて、汚らわしくて耐えられなかった。離婚の理由はいろいろあるけど、決定的なのは亭主の浮気ね。いつも女がいて、家になんか帰ってきやしない。馬鹿にすんじゃないって怒鳴ってやった。

そんな話を花田さんにしたかって？　したことはあるけど、花田さんは何も言わなかったわね。黙って頷いてた。そういう女性解放の活動をしていた人だなんて、信じられないです。信じられないというのは、おとなしい人だったから。

十年前くらいだったかしら。花田さんは、急に郷里に帰ることになったと言って、いろんなものを捨てて出て行ったのよ。あたしも記念に、彼女が使っていた急須とか湯飲みをもらったわ。どんなのかって？　ごく普通の萬古焼《ばんこ》の急須やスーパーでもらったみたいな湯飲みよ。

確かに、あたしはこのアパートの中では、花田さんとは割と親しくしてた方だわね。婆さんが二人で、互いに一人暮らしだったから、気に懸けていたのよ。けど、踏み込んだ話まではしなかった。たまに顔を合わせると、立ち話で世間話をする程度だった。あの人にそんな過去があったなんて知らなかったし、おたくに話すこともたいしてないわね。

あのう、あたし、これからマンションの清掃の仕事に出かけなくちゃならないので、失礼しますね。隣の岡本さんですか？　さっきも言ったけど、花田さんとは擦れ違いに入ってらした人だから、何もご存じないと思いますよ。

5　一週間後の「泉孝子」の話

あら、またいらしたんですか。驚いた。それはまた、ご苦労なことで。今度は何でしょう。あたし、今日は疲れててね。正直、ちょっと迷惑。

マンションのゴミのことで、揉め事があってね。ゴミ捨て場にあったドライヤーやアイロンを、あたしが拾って持ち帰ったんじゃないかって疑いをかけられたのよ。そんなもの、持って行く理由がないでしょうに。たとえ持って行ったとしても、廃品回収と同じで使ってあげるんだから感謝しろってなもんよね。

ゴミ泥棒扱いに頭にきて、辞めてやろうかと思ったくらい。でも、辞めたら、また別のところを探さなきゃならないじゃない。今のマンションはここから自転車で行けるから、便利なのよね。それで我慢したんだけど、気持ちがどうにも収まらないの。だから、今日はお帰りください。すみません。

あら、折詰めですか、野田岩の鰻《うなぎ》。わざわざ買ってきてくださったの？　高いのに頂いていいのかしら？　ありがとう、喜んで頂くわ。じゃ、せっかくお土産持って訪ねて来てくれたんだから、散らかしてるけど上がって。お茶くらい淹《い》れてあげるわ。その代わり、三十分で帰ってね。

ついでに、花田さんにもらった急須や湯飲みが見たいって？　そんなのとっくに割っちゃったわよ。この急須じゃないの。あたし、がさつなんで、すみません。

ああ、これがあなたがこれまでに書かれた記事のコピーですか。全部読むの大変ね。今度読んでおくわね。


はい？　花田さんこと土田さんが、六年前までここに住んでいたと仰るんですか。

あなた、大家さんの入院先にまで行って、花田さんのことを聞いてきたんですか？　だって、大家さん、認知症でしょう？　何も覚えていないんじゃないの？

ああ、今日ははっきりしてたのね（溜息）。そう、あの人、日によって違うものね。こないだ私がお見舞いに行ったら、昼ご飯食べたことも忘れてて、お腹空いたってそればっか言ってたくせにね。

それなら、それで仕方がない。肝を据えてお話ししますよ。ええ、もう六年経ちますかね。花田さんは、あの二階の端っこの部屋で一人で亡くなられました。私が彼女が亡くなっているのを発見したんです。

巷《ちまた》では、孤独死したと言われているんですか？　いえ、孤独死というのではないです。

私が様子を見に部屋に入ったら、すでに亡くなられていました。亡くなられた時に誰もそばにいなかったということです。苦しい闘病をされていただけに、お一人で逝かれたのはとても寂しかっただろうと思うと、辛かったですね。

私はここで知り合って、友人になった者です。花田さんがここに越されてきたのは、二〇〇二年頃でしたかね。そう、今から二十年くらい前。亡くなったのが、一七年ですから、十五年くらい、ご一緒しましたかね。お互いに、妙なご縁だったと思います。

彼女は花田と名乗っていましたが、塙玲衣子さんだってことは、割と早く気が付きました。綺麗な人ですし、歳を取ってもあまりお変わりなかったですからね。

私が「ピ解同」の活動に興味があったか、ですか？　いえ、そんなにはなかったけれども、あれだけの騒ぎになっていましたし、方法はともかく、主張は正しいと思っていました。当時の女の人たちは、みんなそう思っていたんじゃないですかね。

ある日の夕方、自転車置き場から部屋に戻る時にばったり会ったので、思い切って訊いてみました。「もしかして、塙玲衣子さんですか？」と。すると、花田さんは躊躇いながらも頷いて、小さな声で囁《ささや》かれました。

「私、ここにいることは誰にも知られたくないので、すみませんが、口外されないようによろしくお願いします」と。ああ、今でも、その声音を思い出します。それで私は「大丈夫です」と答えました。

実は、私も前夫から身を隠していたんです。離婚できたのはいいのですが、私が腹いせに、家にあった現金を全部持って出たので、前夫は私を泥棒と罵って、烈火のごとく怒っていました。現金は二百万ほどありましたね。でも、あっちは慰謝料なんか一切払う気がないんですから、もらって当然じゃないですか（笑）。

私も「前夫から隠れているんです」と自分の状況を話すと、花田さんはちょっと笑いました。現金を持って出たというところが気に入ったんだと思います。そういう合理的なことを好むのは変わらないなと、私は嬉しくなったものです。とても賢くて聡明な人なのに、こんな安アパートに隠れているのが、とても気の毒でした。

それでお尋ねしますが、そもそも、あなたはここをどうやって突き止められたんですか？

なるほど、彼女を恨んでいた人が探偵まで雇って、このアパートを突き止めていたと。だけど、急に興味を失ったと。それで、あなたはその人の伝《つて》で、私のところまで訪ねてこられたんですね。

ええ、花田さんは追われていました。だから、彼らに見付かることをとても怖れて、まるで世捨て人のように暮らしていました。

もちろん、彼女の活動の犠牲になって、恨んでいた男は大勢いたと思います。でも、身から出た錆《さび》で、お門違いですよ。自分が悪いのに人のせいにして、本当に腹立たしく思います。

花田さんがされていたことは正しいと思います。その方法について云々《うんぬん》、という人もいますが、私は「いいことをしたね」と褒めてました。

その時の彼女ですか？　嬉しそうに微笑んでいましたが、すぐに苦い表情になられて、首を振っていました。悔恨？　とんでもない。あまりの世間の愚劣さに、だと思います。

花田さんは、心の底から傷ついていました。信念に基づいて行動したのに、出る杭は打たれるじゃないですが、あらゆる人が、いえ、日本中が敵になったからです。

参院選のことも、彼女自身が出ないことを罵ったり、惨敗した後、専業主婦になると宣言したことを嘲《あざけ》ったり、その裏に人には話せない事情があったのに、本当に世間というのは残酷だと思いましたね。

彼女に個人的な恨みがある人の他に、彼女をしつこく追い回していたのはマスコミです。特に、週刊誌が二誌、しつこかったと聞いています。花田さんは、たとえ会ってきちんと取材を受けたとしても、面白おかしく書かれるだけだから損だ、マスコミからは永遠に逃げ回るつもりだ、と言っていました。

そして、あの人は面白いことを言ってましたね。「マスコミの連中は、私がヌードになれば許してくれるのだ」と。確かに、世間を騒がせた女を裸にすることで、男たちは溜飲を下げますよね。「あれは女に対する罰なのだ、私は絶対に屈しない」と花田さんは言ってましたっけ。

だから、花田さんは徹底的に身を隠していました。本名では絶対に仕事をしようとしませんでした。翻訳の仕事もしていたようですが、専門がロシア語なので仕事は細々としか入らない。それも絶えてなくなると、近くのスーパーでレジ打ちなんかもしてましたよ。

普段は、眼鏡を掛けた地味なおばさんの姿をしていたから、誰も塙玲衣子だと気付かなかった。そのことが続けば、気楽な日々だったんですけどね。

ああ、私が申し上げた、花田さんのところに出入りしていた男の人ですか？　田中《たなか》さんという弁護士の先生です。脅迫の疑いで訴えられそうになって以来、相談に乗ってもらっていたようです。田中先生は、花田さんに金銭的援助もされていたみたいですね。お金は、別れたご主人からも、少し援助があったようですよ。え、ご本人はそのことは仰ってないのですか？　そうですか、だったら内緒にしてください。

その田中先生が急死されて以来、援助は途絶えてしまったし、彼女を守ってくれる人もいなくなってしまいました。以来、花田さんは抜け殻みたいになっていました。お金にも困っていましたね。だから、私と大家さんとで、ずいぶん助けましたよ。

田中先生が急死されたのは、二〇〇四年頃ですかね。それまで少しは余裕があったのに、花田さんは急にお金に困り始めました。家賃も滞って、大家さんにずいぶん迷惑をかけていたと思いますよ。

ほう、その頃に花田さんがわざわざ訪ねて行った方がいらっしゃるんですね。何十年も会っていない年下の方にお金を借りに行ったんですか。

後でじっくり記事を読んでみますが、しばらく会っていない知り合いにお金を借りに行かれたとは、さぞや、恥を忍んで出かけられたことでしょう。プライドの高い花田さんには耐え難いことだったでしょうね。私に借りてくだされればいいのに、私にまで遠慮されて、お気の毒なことでした。

しかし、お金のことよりも、花田さんにとっては田中先生が亡くなられたことのショックの方が大きかったと思います。誰も味方がいなくなった、と言ってましたから。それも、田中先生は、酔って駅のホームから転落されたとかで、花田さんは「信じられない。田中先生はお酒なんか飲まないのに」と何度も言ってましたね。

その後、経済的には弟さんの援助などがあって、少し立ち直られたと思います。しばらくして精神的にも落ち着いて、スーパーで働いたりして平穏に過ごされていましたよ。亡くなられる半年前に胃ガンがわかって、余命三カ月と宣告されました。いえ、落ち込んではいませんでしたね。「どうせ人は一度死ぬんだから」と割り切って、もう何も失うものはないから、とさばさばしておられました。立派でしたよ。

脅迫のことですか？　はあ、私も詳しく知っているわけじゃないのですが、ある日、花田さんのお部屋でお茶を飲みながらお喋りしていたら、彼女がこんなことをぽつんと言ったことがあります。

『日本の会社が諸悪の根源ね』

『どういう意味？』

私は花田さんのように頭が回りませんから、彼女が何を言いたいのかわかりませんでした。

『会社というものは、自分たちの利益を損なう者に対しては容赦ないのよ』

『花田さんがしたこと？』

『そう。私はある大企業の社長のスキャンダルを摑んで、そこに殴り込みをかけると事前通告したことがあるの。そしたら、何が起きたと思う？』

私が首を振ると、花田さんは暗い顔でこうはっきり言いました。

『私を脅迫で訴える、と。そして、一生、刑務所から出てこれないようにしてやる。それでもやるつもりなら、弟や親戚も苦労することになると言われたのよ』

『そっちの方が脅迫じゃないの』

私は憤慨して叫びました。

『そうだけど、大企業はどんな手を使っても、体面を保とうとするのよ。でないと株価も下がるし、社会的信用も失うから必死なのよ』

ふと嫌な予感がして、思わず訊きました。

『ねえ、田中先生のことだけど、まさか』

『私を脅迫したかどで訴える相談をしてたから、逆にやられたんじゃないかと思ってる。だって、彼はお酒が飲めなかったもの。あれも私に対する脅しなのよ』

『それ、何という企業?』と聞くと、『誰にも言わないでね』と前置きして、耳許である企業名を囁きました。確かに、国策を担っているような大企業でした。その名は私も絶対に人には言いません。

『田中先生とは、その事実を告発する手記を出そうと相談していたの』

『だって、もうずいぶん前のことでしょう?』

『そうよ。三十年近く前の話。でも、田中先生は私がなぜ消えたのか、その真相を知らしめる意味があると言ってくれたの。だから、私も書いてみたの。タイトルは、「私はなぜ消えたか。三十年目の真実」というものなの』

そう、確かに彼女が参院選に出たり、派手に活動していたのは一九七五年前後のことでした。だから、今さら、そんな企業の脅しにびびることはないのかもしれません。

だけど、塙玲衣子は男たちのタブーに触れたが故《ゆえ》に、恫喝されて、一生苦しめられたんです。塙玲衣子は、何も知らない人々の誹《そし》りを受け、嘲笑《わら》われながらも、最後まで闘っていました。参院選で敗れた後ですが、彼女は転向したのではないのです。親族や大事な人のために、雌伏《しふく》せざるを得なかったんです。そのことだけは本当に知ってほしいと思います。

その手記ですが、それが不思議なんです。

私は彼女が寝付いてから、毎日三回、朝昼晩と、彼女の部屋に様子を見に行ってました。宣告されていた余命は過ぎていたけれど、そろそろ危ないなんて、ひと言も言われてなかったのに、ある朝行ってみたら、こときれていました。お医者さんの話では、夜中に心臓が止まったのだろうと。

大家さんに頼まれて彼女の遺品を整理している時に手記のことを思い出して、それとなく部屋の中を捜してみましたが、まったくそれらしきものは見付かりませんでした。不思議なことに、いったいどこにいったのか、消えてしまったんです。誰かが忍び込んで、持って行ったのだろうと思っています。

これが塙玲衣子の晩年を一緒に過ごした私の話のすべてです。あなたに話すべきかどうか迷いましたが、私が墓に持っていくよりも、あなたが書いてくれた方が、塙玲衣子の魂は喜ぶことでしょう。是非、書いてください。お願いします。

6　塙玲衣子の残した「日記的ノート」

塙玲衣子は女性解放論者であり、ピル解禁を謳った科学者です。しかしながら、彼女が残した文章はほとんど存在しません。その活動や言動から、塙玲衣子の考えは窺い知れるものの、著作はないのです。私は何としても、彼女が書いた手記が欲しいと願いました。泉さんが部屋をいくら捜してもなかったというからには、塙玲衣子自身が始末したか、田中弁護士という人物が持っているか、第三者が持ち去ったか、の三択しかありません。もしかすると、田中弁護士のところに何か残っていないだろうか。

私は駄目でもともと、という思いで、登録取消しになった物故弁護士の記録を官報で捜すことにしました。田中という姓はあまりに平凡で、見つかるかどうか心配でしたが、二〇〇四年、死亡によって登録取消しになった田中という名の弁護士は、ただ一人だけでした。それが、第二東京弁護士会に所属する田中安治《やすじ》氏でした。

私は、田中氏の息子さんに、塙玲衣子の手記なるものがないかどうか聞いてみたのですが、裁判記録や紙の資料などは、かなり前にすべて処分したとのことでした。

意気消沈して、これまでの記事を整理していると、数カ月後に息子さんから連絡がありました。データを開けなくて放置していたフロッピーディスクの中から、塙玲衣子の名が記されたものが見つかったというのです。

早速送ってもらったものが、ここにあります。

突然始まって途中で終わっていますし、塙が書き始めてすぐに田中氏が亡くなったためか、量もそう多くありません。しかし、私は初めて読む、塙玲衣子の生の姿に胸を衝かれました。ここには、主張し、悩み、反省し、それでも前向きに生きようとする塙玲衣子がいます。読んでみてください。

○月○日

私が住んでいる町は、新興住宅地が農地をどんどん侵食しているようなところだ。昨日大根畑だった土地が、今日は均《なら》されて宅地に変わってゆく。

大きな道路から一歩外れると、そこは農道のままで、くねくね曲がった細い道が多く残されている。その道は狭く車が一台しか通れない。それでも、都心に通う通勤者は、その道を自転車で駅に向かうのである。

土地を持っている代々の農家が大金持ちになり、どこからかやってきた勤め人は小さな家を建ててローンで生涯苦労する。農民と勤め人が、土地という一点で立場が逆転する。

東京の近郊は概ねこんな光景が見られるが、私は山深い田舎で育ったので、そこでは都会に通う勤め人など見たこともなかった。だから、私は田舎でもなく都会でもない、こんな中途半端な町が好きではない。なのに、いつの間にか、私は好きではない町に住むようになってしまった。

なぜここに来たのだろう。時折、思い出そうとするけれど、ここも駄目、ここも知られた、と追われるようにして移ってきた。都落ちという言葉があるが、その通りだと思う。私にはもうどこにも行く当てがない。この地がどん詰まりである。

東京の人は、故郷を「田舎」と呼ぶ。東京に初めて来た頃、田舎はどこか？　と訊かれて、どうして私の故郷が田舎だと知っているのだろう、と不思議だった。

今から思えば笑い話だが、私の心の中には、常にあの山深く自然豊かな城山への懐かしさと、忌避する思いが相半ばしてある。正真正銘、本当の田舎だからである。

家の横を流れる川の音を常に耳にしながら、ＮＨＫと民放のふたつしかチャンネルのないテレビのどちらかを見て、図書館で借りてきた本を読み、宿題をし、予習をし、就寝する日々。

小学校は、徒歩で三十分近くかかった。冬の日、週番の時など、帰る頃には陽が落ちて真っ暗になっていた。誰も歩いていない川縁の道を、提灯を提げて一人歩いたものだ。提灯なんか、今の子供は祭りの時にしか見ないだろうに、当時の子供は器用に蠟燭《ろうそく》を立てて、マッチで火を点けていた。

一度、転んで提灯に火が点いてしまい、その場で捨てたことがある。その後は、真っ暗な道を、川の音を聞きながら心細い思いで歩いた。ごうごうと北風が吹いて、ひどく寒く心細かった。はるか遠くに、しろ山堂の灯りがぽつんと見えて、もっとその先の左側には我が家の灯り。あそこまでは何とか辿り着かねば、と必死で歩いた。忘れられない思い出である。

懐かしいけれど、もう城山に帰ることもない。いや、できない。私は故郷を捨てた女である。そして、故郷に捨てられた女でもある。

城山の人たちは、私が道を歩いているだけで、「スター気取りだ」など言いたいことを言う。あの塙玲衣子の出身地ということで城山も有名になったよ、と知り合いに厭味混じりで言われることもあった。

そのことは寂しいとも悔しいとも思わないが、弟をはじめとして親戚に迷惑をかけたことだけは、申し訳ないことをしたと思っている。さらに、被害を受けたと言い張る男たちの嫌がらせが親戚にまで及んだとあっては、どうにも顔向けができない。私は親戚じゅうの鼻つまみ者になってしまった。

そして、弟には金の工面だけでなく、とても世話になった。まして、弟のところにまで脅迫状が届いたと聞いた時は、すべて姉の不徳の致すところであると飛んで行き、平身低頭して謝った。謝っても謝りきれないくらい、弟には迷惑をかけた。

以来、弟からの連絡も途絶えている。こちらから連絡しても、梨のつぶてだ。おそらく息災であろうから、それで何も連絡がないのだろうと安心はしている。もし、生きているうちに会うことができたら、心の底から謝りたい。

しかし、私の半生は何も恥じるところなどないと心の底から思っている。私は科学者として正しい主張をしてきたという自負があるのだ。

私のパフォーマンスは、やり過ぎだと非難の的になったが、人々に女性解放の真意を広く知らしめた、という意味では正しい情宣活動ではなかったか。

自己正当化？　いや、絶対に違う。恥を掻いただけと言われても、私自身は恥を掻いてでも女性に対するアンフェアネスを世間に知らしめたかったし、女をそんな目に遭わせる男たちを成敗したかったのだ。

観念的という言葉がある。当時の学生運動や女性解放運動で流行った言葉だ。即ち、実際、苦しい思いなどしていないくせに、頭の中だけでの理論を主張する者に対して使われた言葉だ。

今でも忘れられないのだが、私は女性解放論者たちに、常に観念的だと批判されてきた。例えば、評論家のK、I、S（注：不明）らは、私のことを「恵まれた環境の中で育ち、金銭や男女問題で傷つき倒れるほどの経験もしていない。だからすべてが観念的で、実際の女性解放につながらない」などと言った。

では、「金銭や男女問題で傷つき倒れるほどの経験」をしてきた者が一番偉いのか。貧窮の極み、悲劇を生き抜いてきた者だけが、真の理論を口にできて、実際の女性解放につながるというのか。とんでもない。

私は科学者として言う。安全性の高いピルを解禁すべきだ。そして、女性として言う。胎児に重度の障害の可能性がある場合のみ中絶できる、という優生保護法改正案を撤廃すべきだ、と。それは女性から中絶する主体性を奪うことだし、障害者を差別することでもあるからだ。ピルの解禁と、中絶禁止法への反対は緊密につながっている。

女性がピルを得ることは、男性がイニシアティブを取るコンドームからの解放であり、中絶という危険な手術からの解放でもある。女性が自らの意志で、自らの身体を守ることに他ならない。血栓症などの副作用のことばかり言われてきたが、それならば、副作用のない薬を開発すればいいだけのことだ。

そのことを製薬会社に主張せず、国にも訴えてこなかった無知な女性解放論者の方に問題がある。現在、女性たちは低用量ピルで、安全に避妊し、安全に生理日を移動させたり、月経困難症や生理痛などの症状緩和に役立てているではないか。

私が主宰した「ピ解同」のやり方にも、さんざん批判があったのはわかっている。しかし、当時も今も、日本は男の天国だ。下駄を履かされていることにも気付かず、男と生まれただけで得をする国は、世界広しといえど日本だけかもしれない。

そのことを知らしめるためには、酷い目に遭った女たちに泣き寝入りをさせないことが肝要だったのだ。私は活動内容を反省などしていない。そして、世の中を変えるには、政治家になるしかないと政党を結成したことも間違ってはいなかったと思う。しかし、慣れない金の問題と企業への対応で、私はしくじった。男たちの狡賢《ずるがしこ》さの前に、なす術もなかった。悔しいけれども、それは認めざるを得ない。

○月○日

何か手記でも書いたら、と勧められた時、手記を書くことに何の意味があるのか、とT氏（注：田中氏のことと思われる）に訊いたことがある。すると、T氏は、「あんたに何が起きても不思議はないんだから、書ける時に記録を残しておきなさいよ」と呆れたように言った。「まったく自覚がないんだから」と付け加えて。

なるほど、確かに私は今も生きていられる。ただし、隠れ棲んでだが。なぜ私が隠れ棲んでいるのか、そのことを記録するのも悪くないと思った。

しかし、私は手記という言葉が好きではない。試しに辞書を引いてみると、手記とは、「自分で体験・感想などを書きつづったもの。ノート」とある。

ならば、私はノートと呼ぼう。「体験」だの「感想」という語が好きではないという理由の他に、何となく甘っちょろい「手記」という語も私の生理に合わない。

最近は、翻訳の仕事もほとんどなくなった。今時、ロシア語の論文など流行らないし、たとえあっても、若い翻訳者の情報量や経験には敵わない。彼らのほとんどはロシアに留学したことがあり、辞書で勉強した私と違い、語彙《ごい》も慣用句も何もかもネイティブに近く、能力は遥かに上である。私が若い頃は、ロシアはソ連であり、ソ連に行くことなど不可能だった。

それに最近は、どんな国の学者も論文は英語で書く。ロシア語の翻訳ができる人間が稀少価値だった時代は終わったのだ。

だから、私は今日もスーパーのレジ打ちに出かける。Hさん（注：不明）が見たら、何と言うだろう。レジ打ちと書いたが、今はバーコードシステムがあるから、レジの作業は簡単だ。世の中はどんどん簡便になってゆく。

○月○日
接客業は、思いがけない顔に出会うこともある。今日、スーパーのレジに立っていたら、目の前に素麺《そうめん》や蒲鉾《かまぼこ》などの入っているカゴが無造作に置かれた。反射的に「いらっしゃいませ」と言って顔を見ると、見たことのある男が立っていた。

田辺《たなべ》という昔の仲間の夫だった。私とほぼ同年だが、もともと嵩《かさ》の多い髪がすべて白髪になって頭蓋を覆っているせいで、歳よりもはるかに老けて見えた。しかし、顔はあまり変わっていないのですぐにわかった。

田辺とは、突然音信不通になった。理由はわからなかった。ただ、参院選の終わった後で、誰もが意気消沈していたし、心がばらばらになっていた頃だった。

田辺は周囲に「もうやる気がなくなった」と言っていたそうだ。私とは長く一緒に活動した同志だったから、私に何もコメントがなかったのはショックだった。しかし、断絶が私に対する答えなのか、と辛く思っていた。

田辺は学生結婚をしていたから、田辺の夫とは顔見知りで、田辺を交えて何度も会っていた。むしろ、会った時にはすでに結婚していたので、私は田辺の旧姓さえも知らなかった。

田辺の夫とは、彼女と疎遠になってから一度も会っていない。そんな男に、私は三十年近くを経て、こんな片田舎で遭遇したのだ。驚かない方がおかしい。

私は咄嗟に俯《うつむ》いたが、田辺はまったく気付かない様子で財布を覗き込み、小銭を数えている。私はなるべく小さな声で値段を告げた。田辺は釣り銭のないように律儀に金を払い、袋詰め用のカウンターに向かった。気付かれた様子はなかったからほっとしたものの、これからも田辺がこの店に現れるかもしれないと思うと憂鬱《ゆううつ》になった。できれば、昔話でもしたいのに、昔の仲間の夫にまで、隠れなければならないのかと自分が嫌になった。

しかし、以後、私は注意深くなり、田辺らしき老人が現れないかと始終、店内を見回すようになった。が、田辺は二度と現れなかった。

T氏に相談すると、早速調べてくれて、近くに田辺という家はないから、どこからか噂を聞いて様子を見に来たのかもしれない、気を付けるように、とアドバイスしてくれた。

また、引っ越さなければならないのかと心が騒ぐ。できれば、このままでいたい、とT氏に告げた。

○月○日

私は日本を代表する大企業の社長のスキャンダルを摑んだことがある。

社長の愛人が私のもとに連絡してきたのだ。その女性は二十代の頃に社長に見初《みそ》められ、むりやり愛人にされたが、四十代になる頃から冷遇されるようになった。社長の女ということで社内でも噂になり、まともな結婚もできなかった。そのダメージは計り知れないから復讐したいと言う。

当時、私のところには、日本全国から五百件以上もの要請があった。その中で取捨選択していたのだが、この話の相手が一番の大物だった。本当に、首相動静で会食の相手として名が出るような大物だったのだ。

それで扱うことにしたのだが、あまりにも大物なので、私は人づてに知り合った総会屋のS氏（注：総会屋として有名な坂元光司《さかもとこうじ》氏と思われる）に相談することにした。が、S氏が問題だった。勝手に仲介に出たのだ。社長のもとに赴き、「ピ解同」が近く来る、と告げたらしい。

ある日、私の口座に、件の社長の会社から一千万もの金が振り込まれた。慌ててS氏に聞くと、口止め料だから社に来ないでほしいと言っている、ここはおとなしくもらってくれ、と言う。私はS氏と押し問答になり、金を返すタイミングが遅れた。

それが間違いだった。S氏は会社の思惑を知っていたのだから、彼と問答したりせずにさっさと返すべきだった。なぜなら、私はそのことで、会社から脅迫罪で訴えられそうになったのだ。金を振り込んだのは、脅迫されたという既成事実を積み上げるためだった。

S氏に文句を言うと、S氏は激怒した。あんたは金が欲しいから自分に相談してきたのではないか。間に入って骨を折ったのに、何で金を返そうとする、脅迫罪を自分に押し付けるつもりかと言う。

私は男たちの奸計《かんけい》に嵌《は》められたと気付いたが、後の祭りだった。企業の悪賢さは、まるでヤクザのそれである。私はやはり（注：ここで中途半端に途切れている）

○月○日

半年近く経ったが、田辺の夫はあれから二度と現れなかった。何か用事があって、この町に来たのだろうと、私は安堵しつつあった。隠れることが習い性になってしまっていて、すでに数十年も経ったのに、未だびくびくと暮らしているのが嫌になった。

たまたま、穏やかな春の宵《よい》ということもあって、私は何となく柔らかな心持ちでスーパーを出た。外に出ると、どこからか沈丁花の香りがした。私は城山を思い出して、少し心が浮き立っていた。

「あのう、もしかして塙さんではないですか」

背後から声をかけられて、私は硬直した。女性の声だった。階下の泉さんにはばれてしまったが、他の人に名を呼ばれたことはない。恐る恐る振り返ると、七十代と思《おぼ》しき痩せた老女が困惑したように立っていた。

「間違っていたら、すみません。似てらっしゃるので」

私は何も言わずに、かぶりを振った。

「そうですか、すみません。私は田辺といいますが、主人が似た人を見たと言うものですから、気になってました」

「違います。私は花田といいます」

私は偽名を言った。

「そうですか、どうも失礼しました」

老女は謝って去って行ったが、私を慮《おもんぱか》っているのが伝わってきた。ああ、やはり田辺は私だとわかっていたのだ。なぜ私が姿を消すことになったのか、伝えたい。話したい。しかし、できない。後を追いたくなるのを、私は必死に我慢していた。（注：記述はここで終わっている）

7　私はなぜ塙玲衣子を書こうと思ったのか？

最後に、私自身のことを少し書いておこうと思います。私は今年で四十歳になる、ノンフィクションライターです。

どんなジャンルの書き手かといいますと、事件や、その渦中の人物を書くのではなく、どちらかと言うと、市井に逞《たくま》しく生きて、誰にも知られずに死んでいったような女性を取り上げて書いてきました。

ある日、中央公論新社の編集者から、『婦人公論』誌で何か書いてほしいという原稿依頼がありました。その時、真っ先に浮かんだ名前が「塙玲衣子」でした。

一九八三年生まれの私が、どうして塙玲衣子を知っているのかというと、母から印象的な話を聞いたことがあったからです。

私は生理痛が激しく、かつ不規則だったので、医者の勧めで二十代終わりから低用量ピルを飲んでいます。そのことを知った母が、「塙玲衣子の時代が、やっときたのね」と言ったのです。それは誰かと聞くと、「日本で初めてピルの必要性を説いた女性だけれど、世間の賛同を得られずに消えた。今頃どうしているのか知りたい」と答えたのです。母は、塙玲衣子の主張は正しいと思っていたそうです。ちなみに、私の母はシングルマザーです。

それで、塙玲衣子という人物を調べることにしたのですが、ほとんどの人は塙玲衣子という名前を知りませんし、めぼしい文献もありませんでした。しかし、「ピ解同」と言うと、記憶している人も多いことに気付きました。塙玲衣子は、ピンクのヘルメットを被って、派手なパフォーマンスを繰り広げたことで有名だったのです。

彼女は、女性の身体は自分で管理して、その方法も自分で選び取っていかなければならない、と五十年も前から主張していました。一九七二年にピル解禁同盟、つまりピ解同（ピル解禁を要求し、中絶禁止法に反対する女性解放同盟）としての活動を一人で始めたのです。私は、塙玲衣子とその活動を調べることにのめり込んだのでした。

ネット検索をすると、塙玲衣子についてこんな記述があります。一九四五年生まれ。京都大学薬学部卒。女性解放運動家で薬剤師、薬事評論家、日本生化学会会員、日本内分泌学会会員、婦人性教育協会準備会理事。錚錚《そうそう》たる肩書きです。

しかし、生身の塙玲衣子は、時代の厳しい誹りを受けて孤立し、ひりつくような痛みをその身に感じていたはずです。痛みがなければ、彼女は今も活躍していたに違いありません。忽然《こつぜん》と姿を消してしまったのは、何か理由があるのでしょうか。

塙玲衣子のやり方は、極めて露悪的で挑戦的でした。「男は諸悪の根源」、「男にできて女にできないことは、小便で字を書くことくらい」と発言しました。そして、「虐《しいた》げられた女の味方」と称し、要請があればピンクのヘルメットを被っては裏切った男の会社まで出向き、垂れ幕を掲げて男を攻撃し、そんな男を雇っている会社をも非難しました。

そのパフォーマンスの激しさゆえに、男社会に楯突く女、刃向かう女として怖れられたのです。いえ、怖れられたというよりも、その言説の激しさと活動の派手さ、そして美貌とによって、マスコミ受けしたのです。

次はどこそこに現れる、と予告を心待ちにされるほどでしたから、あたかもバラエティ番組のようでした。最初の頃は、男社会はまだ揺るぎなく堅牢《けんろう》で、女の抗議など笑ってスルーできるほどの余裕があったのだと思われます。それから少しずつ、怒る男たちも増えて対応が変わり、「ピ解同」は変質を余儀なくされてゆきます。

それでも塙玲衣子はピエロを演じ続けました。「女性光源教」という宗教法人を作ってみたり、白いミリタリールックで登場し、「女の党」という政党を結成して参院選に候補者を大勢出してみたりもしました。その脱線ぶりは、もう後戻りできないのではないか、と思わせるほどでした。

選挙の結果は惨敗でした。当選者を一人も出せずに、「女の党」は解散。塙玲衣子自身が立候補しなかったために、裏切られたと感じた仲間は去ってゆきました。

そして、驚いたことに、塙玲衣子は以後、専業主婦になると宣言して姿を消しました。

男たちの哄笑《こうしょう》を、そして仲間たちの怨嗟《えんさ》の声を背中に受けながら、です。「専業主婦になる」宣言は、塙玲衣子を時代の徒花以下の敗者にしてしまったのです。それは一見、女性解放運動全般の敗北にさえ見えました。塙玲衣子に何が起きたのでしょうか。

今はインターネット検索をすれば、探したい人物の名をどうにか見つけることができる時代です。同窓会名簿、卒業者名簿、部活動の記録、競技会の成績、他人のSNS。本人は隠していても、どこかでその名前はネットに上がっているはずです。それなのに、塙玲衣子に関する記述は一九九二年の週刊誌記事を最後に、すっぱりと消えてしまうのです。

私が塙玲衣子という人物について書きたいと思ったのは、こんなにも激しい塙玲衣子が好きだということ、そして、彼女が徹底的に姿を消してしまった謎にありました。

取材は難航しました。

当時のことを知っている人はすでに亡くなり、調べれば調べるほど、資料も何も残っていない状態に、ただ驚くほかはありませんでした。それでも、あるかなきかの伝を頼って、何とか数人の関係者と会うことができました。

地元の同級生からは、彼女は孤独死のような状態で亡くなったという噂がある、とショッキングな話を聞きました。が、それでもその噂を裏付ける資料もなく、彼女の近況を知る者は誰もいませんでした。

しかし、連載十一回目の「砂川彰子」さんの手紙が潮目を変えました。

砂川さんは、二〇〇五年に、生身の塙玲衣子に会って金を貸した人物です。それからはジグソーパズルのピースが嵌まるように、少しずつ塙玲衣子の晩年がわかってきたのです。いや、それでも、謎は解けません。塙玲衣子は、どうして消えようとしたのでしょうか。

日本でピルが解禁されたのは、一九九九年。薬学者でもある塙玲衣子が主張を始めてから、何と二十七年もの月日が経っていました。国連加盟国の中で、もっとも遅い承認でした。ピルを使用できなかったが故に、日本の避妊法はコンドームが主流になり、今もなお男性主体のものだと考えられているのです。

最近、ショッキングな記事を読みました。母親になりたくないので不妊手術を受けたいという女性が、「母体保護法」という法律のために国内ではできず、アメリカで受けたという内容でした。「母体保護法」とは、戦前にできた国民優生法が始まりで、不妊手術は原則禁止されているのだそうです。この国では、女が母親になることを自ら否定することさえも許されていないのです。

ほんの少し前まで、いや今でさえも、女性は将来母となることを周囲から期待されて育ってきました。私の母の時代、女の子たちの一番の夢は、「お嫁さん」だったそうです。「嫁」という字は女偏に「家」と書きます。生殖は「家」の存続のため、でした。「家」は「国家」につながります。

「産めよ殖やせよ」という言葉があります。国の繁栄のために、女たちは多産を奨励されました。そのため当然のように、国が女の身体と心を管理してきたのです。

そんな時代は終わったはずなのに、今現在、少子化対策のために、またも母親となることを期待される時代になりつつあるように思います。

女たちが自分の身体を取り戻し、自分で管理できる社会に、という塙玲衣子の主張は正しかった。そして、塙玲衣子は、女たちがずっと闘い続けていかない限り、それはすぐに奪われてしまう大事なものなのだ、と警鐘《けいしょう》を鳴らしていたのだと思います。そのことは、彼女の一生を見ればわかります。

これで、彼女を辿る長い旅を終えたいと思います。

謝　辞

本作の執筆にあたりまして、木内夏生さんをはじめ多くの皆様に、大変お世話になりました。
心より感謝し、お礼を申し上げます。

著者

【初出】『婦人公論』二〇二二年十二月号～二〇二三年十一月号
本作品はフィクションであり、実在の個人・団体等とは一切関係ありません。

装画　スズキエイミ

装幀・本文デザイン　岡本歌織（next door design）

桐野夏生

1998年『OUT』で日本推理作家協会賞、99年『柔らかな頬』で直木賞、2003年『グロテスク』で泉鏡花文学賞、04年『残虐記』で柴田錬三郎賞、05年『魂萌え！』で婦人公論文芸賞、08年『東京島』で谷崎潤一郎賞、09年『女神記』で紫式部文学賞、10年『ナニカアル』で島清恋愛文学賞、11年同作で読売文学賞、23年『燕は戻ってこない』で毎日芸術賞及び吉川英治文学賞を受賞。15年、紫綬褒章を受章。21年早稲田大学坪内逍遥大賞、24年日本芸術院賞を受賞。近著に『日没』『砂に埋もれる犬』『真珠とダイヤモンド』『もっと悪い妻』など。

オパールの炎《ほのお》

2024年6月10日　初版発行

著　者　桐《きり》野《の》 夏《なつ》生《お》
発行者　安部 順一
発行所　中央公論新社
〒100-8152　東京都千代田区大手町1-7-1
電話　販売 03-5299-1730　編集 03-5299-1740
URL https://www.chuko.co.jp/

DTP　嵐下英治
印　刷　共同印刷
製　本　大口製本印刷

Published by CHUOKORON-SHINSHA, INC.
Printed in Japan　ISBN978-4-12-005788-5 C0093

優しいおとな

日本の福祉システムが破綻し、スラム化したかつての繁華街〈シブヤ〉で生きる少年・イオン。希望なき世界のその先には何があるのか。

〈解説〉雨宮処凛